JN102014

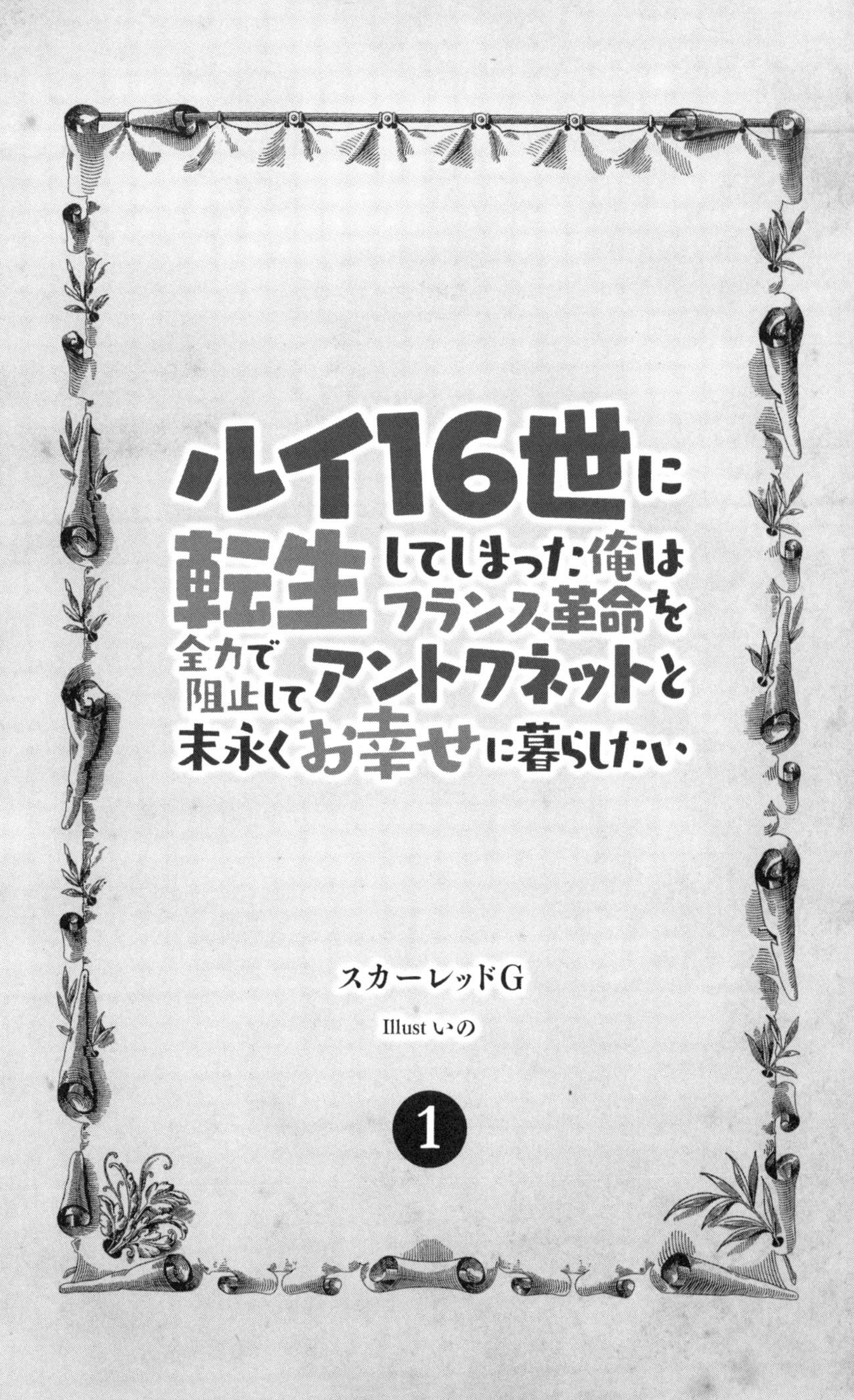

ルイ16世に転生してしまった俺はフランス革命を全力で阻止してアントワネットと末永くお幸せに暮らしたい

スカーレッドG

Illust いの

1

ルイ16世に転生してしまった俺は
フランス革命を全力で阻止して
アントワネットと末永くお幸せに暮らしたい

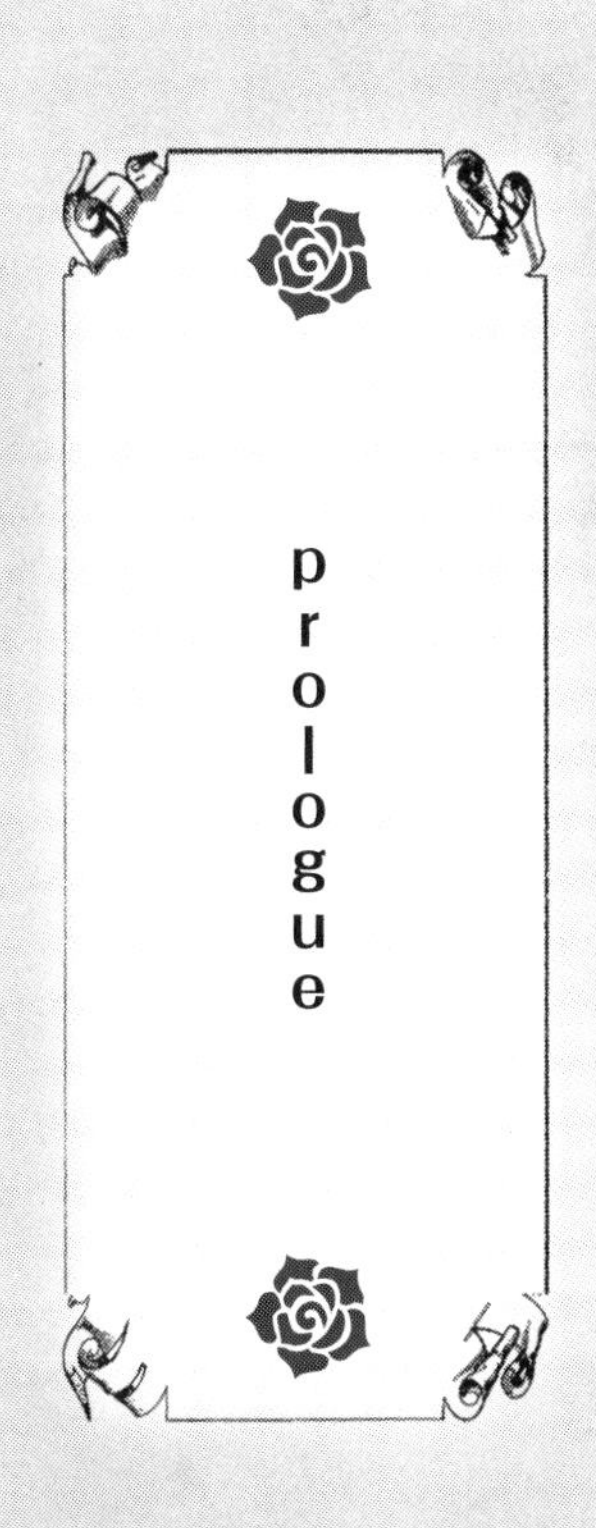

prologue

prologue：welcome to France

＝二〇二X年　東京＝

「ぬああああああん！！！　疲れたよぉぉぉ！！！」

今日も午後一一時三〇分まで残業してきてマイホームに帰ってきた。

築三五年で外壁にヒビが入っているボロアパート、これが我が家である。

明日が休みとはいえ、ここ最近の残業が肩にどっしりと乗っかってきている。

タイムカードにその分の残業代が加算されるのでゲーミングパソコンに必要なパーツ代ぐらいには稼げているが、それでも身体がここ最近悲鳴を上げているような感じがする。

電車で二〇分、車で四〇分、徒歩二時間……山手線の内側にある大手外資系企業が俺の職場だ。

このところ会社内で企画やプレゼンが大詰めを迎えていることもあって、どこの部署も大忙しだ。

俺の部署は事務だが、こうした繁忙期に入ると沢山の書類を押し付けられるのが日常茶飯事だ。

ふふふ、ブラック企業なんかに入るんじゃなかったぜ。

「戦力が取れてもすぐに離職しちゃうから仕事の引継ぎが全然できないんだよなぁ……」

給料はいいがその分残業が山のようにあるのが特徴的な職場だ。

早い話がブラック企業というわけだ。

離職率は一年間で四〇%……。

新卒の二人に一人は入社して半年でほぼ姿を見せなくなる。

今年は国立大学を卒業したての学生が入社してきたのだが、入社して二ヶ月後にパワハラが原因で退職してしまった。

そのうえ、新卒の面倒を見ていた奴は始末書やら新卒の分の仕事まで押し付けられた結果、七夕の日に電車に飛び込んで死んじまった。

うちの会社はマジで黒すぎる。

某大手コンビニエンスストアや某大手広告代理店並にブラック企業として名を馳せており、インターネットの掲示板では毎日のように非難されているような会社だ。

「辞めたいけど……今辞めて途中入社できる企業ってあるか？」

そんな会社辞めたらいいと思うが、悲しいことに俺にはスキルがあまりない。

持っている資格もオートマ限定の運転免許証と大学生の時に試しに取った介護の初任者研修ぐらいだ。

この会社を辞めたらたいした働き口がないというわけさ。

おまけに童貞で独身……。

それでいて年齢も三〇を超えちまった……。

……ははは、寂しいものさ。

こんな辛い現実は早く忘れてしまいたいものだぜ。

「全く、やってられないよ……シャワー浴びてから飯でも食べよう」

身に着けている服を洗濯機の中に放り込んでからシャワーを浴びる。

シャワーから放たれる熱いお湯を浴びながら、シャンプーで頭をゴシゴシと洗い流す。

この熱いシャワーも最近は妙に感じにくいような気がしてならない。

シャワーを浴び終えてから、俺はソファーに座って呆然と部屋に置いてある時計を眺めていた。

「ああ……もう時計の電池切れちまったか……やっぱ一〇〇円ショップの時計はすぐに電池なくなるな」

一〇〇円ショップで買ったばかりの時計だけど、すぐに針が動かなくなってしまった。

やはり安物はダメだ。

数千円のデジタル式の時計を買ったほうがいいかも。

動かない時計を見ていると意識がボーっとしてきて、どこかに吹っ飛んでいく感じがしてきた。

危ない、夕飯食べないで寝るところだったぞ。

「さて、夕飯の支度でもするか……えっと……材料は……何があるかな？」

このアパートの近くには夜遅くまで営業している居酒屋やバーなど酒が飲める店もあるが、今日は宅飲みしたい気分だった。

凝ったものを作りたくはないが、それでも美味しく食べたいので簡単な男飯をこれから作ろうと思う。

これだけでも胃の中にぶち込んでおく必要がある。

というわけで男飯講座の開始だ。

スーパーにて一束百円で売られている袋に詰められた一人前の蕎麦を茹でている間に、丼に予め袋で小売り販売されている一人用のそばつゆを用意する。

この時にそばつゆは冷やしておくのがベストだ。

冷やしたそばつゆを丼に入れている間に乾麺の蕎麦が出来上がる。

茹で上がった蕎麦をざるで冷水でわしゃわしゃと冷やしてから丼に入れるとかけそばになる。

……が、俺はこれだけじゃあ満足しない。

これだけなら駅そばでも十分だからだ。

なので俺はさらにトッピングを追加する。

まず乾燥ワカメを一掴み分入れた後に天かすを惜しみなく丼にのせる。

冷蔵庫の中で冷やしておいたパック詰めされた九条ネギを一気に投下。

蕎麦が見えなくなるまでネギで埋め尽くしたのを確認してから酒を用意する。

今日の酒はキンキンに冷やしたウォッカベースのコーラだ。

ルシアンコークとも呼ばれているアルコール度数の高い酒だ。

箸を用意すればあっという間に男飯が完成してしまう。

「それじゃあ……いただきます」

蕎麦を一口分啜りだす。

うん、乾麺ながらいい感じの味付けになっているな。

それからは麺、わかめ、ネギ、天かすの順で口の中に放り込み、さらにそれらを酒で胃の中に押し込んでいく。

天かすとネギのシャキシャキ感が蕎麦をより一層美味しくさせているのは本当にありがたい。

酒をチビチビと飲みながら蕎麦を食べていき、蕎麦が入っていた丼が空になったのに気づいたのは日付が変わった午前〇時二〇分ごろだ。

「……なんだ、まだ〇時二〇分か……今日は休みだし、ゲームでもして寝るか……うぃぃ!!」

ちょっと酔っているが気にしない。

丼と箸を流し台に置いてサッと洗ってから椅子に座ってゲーミングパソコンの電源をつける。

ここ最近俺がハマっている歴史シミュレーションゲームだ。

近世から現代までの歴史に登場した国家のトップとなって遊ぶ歴史体験シミュレーションゲーム「Hard Of Blow Force」略して「HOBF」という睡眠時間を削ってまでしたくなるゲームだ。

歴史好きの多くがプレイしていることで脚光を浴びているゲームだ。

32GB分のメモリーを消費するという凄まじい代物だが、その分史実に基づいたイベントや経済・軍事状況などを細かく指示できるゲームであり、歴史シミュレーションゲームと国家運営ゲームの両方の側面を持っている。

このゲームのおかげで近世ヨーロッパの情勢がどういうものだったのか知ることができた。

大航海時代にはスペインが強かったとか、プロイセンで起こった宗教改革がヨーロッパの宗教勢力図を塗り替えたなど、ちょっとした歴史の授業を見ているみたいだ、さて、今日プレイするのは近世フランス王国かな。

決めた理由？

なんかさっきからカーソルがフランス以外で動かないからフランス王国にするんだよ。

フランス王国で縛りプレイしろとマウスが疼いているのか？

それとも俺が酔っているからなのか？

とにかくフランス王国以外にマウスが動かないほかは問題ないのでこのまま進めてみようじゃないか。

モード開始時は近世シナリオで史実状態、それ以降はランダムイベントモードを選択か……。

これだけやればマウスも満足するだろうか？

このゲームは選択した国家の説明などが流れてくるのだが、ちょうど今流れているのはフランス王国の国歌だ。

国歌が流れてくるけど、その国歌を聞いているうちに、だんだんと凄まじい眠気が襲ってくる。

あれ？　いつも酔いはくるけどこんなにも早く回ってくるのか？

波に揺られている船の中にいるみたいにフラフラとなった意識の中で、パソコンの画面から男の人の声が聞こえてきた。

声はどことなく、寂しそうで口調もトーンもあまり高低差がないような感じだった。

『巻き込んでしまって申し訳ないのだが……フランス王国を救ってくれないだろうか？　私には多く

やり残したことがある。それを君に託したい……どうしても……思いが断ち切れないんだ。頼む……』

ああそうだ。

これはきっと寝落ちした直後に見る夢なのだろう。

一体誰が話しかけているのかは知らないが動画サイトの音声でも拾ったのかもしれないな。

酒に酔っていたしあながち間違いではないかもね。

そう思った直後に俺の意識は白い光の中に包まれていった。

その男、ルイ１６世につき

1：俺の名はルイ・オーギュスト……次期国王さ！

目が覚めると俺は豪華絢爛な宮殿の通路を無意識のうちに歩いていた。

ボーっとしてきた意識が次第に晴れてくる。

この宮殿の通路には見覚えがあった。

何度もゲームの画面で登場してきた場所だ、忘れるものか。

「ここって……ヴェルサイユ宮殿じゃないのか？」

ヴェルサイユ宮殿……。

フランスが最も輝いていた時代に活躍した太陽王こと「ルイ１４世」が建造した世界遺産の一つだ。

滅茶苦茶豪華な宮殿だ。

そりゃもうスゴイ。

特に建物よりも庭園に力を注いで作られた。

フランスの圧倒的な力を諸外国に見せつけるためでもある。

なお、無駄に作っちまった結果戦費が足りなくなったというエピソードもあるぐらいに金をかけた模様。

フランスの底力を感じさせる建造物。

そんなヴェルサイユ宮殿に俺はいる。

おいおいおい、俺は夢でも見ているのか？

夢にしては随分とリアリティに溢れているな。

窓ガラスに浮かんでくる景色とかが物凄くリアルだぜ。

そこでしばらくボーっとしていると、後ろから声をかけられた。

「王太子殿下(ドーファン)！　いかがなされましたか？」

「えっ、王太子殿下？」

「はい、貴方様ですよ王太子殿下」

俺に声をかけてきたのは近世ヨーロッパまで流行、というか貴族を中心に身に着けることが多かったカツラを着用している人物であった。

いやいや、どんな見間違いじゃい！

三〇代のサラリーマンが王太子殿下のわけがあるかいな！

「王太子殿下……俺が？」

「ええ、ルイ・オーギュスト王太子殿下でありますよ！　お身体の具合がよろしくないのですか？」

……ルイ・オーギュスト王太子(ドーファン)。

ドンなファン？　かと思ったが、どうやら今現在呼び名は王太子という意味合いのようだ。

つまり次期国王候補になる人物に授けられる称号ですって。

個人的にはカリブ海に浮かぶ南国の大統領(ビバ)(プレジデント)でも良かったのだが、王太子って名前カッケェ！　と思った。

総統(フューラー)もいいけど総統にしたらちょび髭おじさんとか某ダークファンタジー漫画に登場する人造人間

の国家元首とかになってしまうので流石に自重した。

なんか通路を行き交う人も貴族が頭に着けていたくるんくるんしているカツラを被り、中世か近世ヨーロッパ風のヘンテコな格好しているし、何より自分の身に着けている服装からしてそれなりに偉い人なんじゃないかなと思ったよ？

おお、夢の中で偉い人間になるのって気分いいよな。

でも国王陛下の名前を聞いて俺は愕然としてしまったよ。

「もうじき国王陛下とご一緒に昼食のお時間になりますよ。そろそろ移動しましょう」

「えっと、聞きたいことがあるんだけど……今の国王陛下の名前は？　それと俺の父君の名前は？」

「……ルイ15世陛下であられますよ？　父君はルイ・フェルディナン様です。父君は五年前にお亡くなりになられました……あの、王太子殿下？　本当に大丈夫ですか？　かなり顔色が優れないようですが……」

祖父がルイ15世であり、自分はその孫であると……。

夢にしてはリアリティがあり過ぎるし、おまけに匂いとか感覚まで付いてくるもんだっけ？

身体から血の気が引いてくるのが分かる。

まさかとは思うが……これ転生しちゃったんじゃね？

おいおいおい、なんでよりもよってルイ16世に転生したんだよ！

誰得やねん、そんなネタで小説書いても誰も読まないぞ。

「ははは、これは夢だ……あり得ん、あり得ん……お、俺はもう一回寝るぞ、そうだ……これはきっ

と夢だ、すさまじくリアリティ溢れる夢だ……そうだ、そうに違いない。朝起きたら俺はトーストを焼いてHOBFの続きをするんだ……」

「お、王太子殿下……？」

「うん、ちょっと待って、俺……体調悪いから一旦寝るわ……あぅ、やべぇ……意識が……」

先ほど話しかけてきた人がすごく心配そうな顔をして俺のことを見ていた。

俺はルイ16世が国民のために全力を尽くしたが報われず、ギロチン処刑されるというお先真っ暗な人生になっている現状を憂えて、ドンドンと意識がフェードアウトしていく。

「誰か！　王太子殿下が意識を……！」

意識が一旦途切れる寸前にその人の悲鳴が聞こえたところまでは覚えている。

その人が明らかに取り乱して助けを求めたのでちょっとした騒ぎになってしまったらしい。


意識がぼんやりとしていた間にいろいろとルイ16世に関する情報が脳内に入ってきたんだ。

教育係の人とのやり取りとか、見たことないはずの劇場で舞台を鑑賞した記憶とかが一気に雪崩のように脳みその中に入りこんだ。

当然そのことは祖父でフランス国王のルイ15世の耳にも入るわけで夜になって大丈夫かと医者随伴で訪ねてきた。

ちなみにフランスの国費を使い続けた挙句、経済立て直しが無理になるほどの無謀な戦争や不景気を引き起こしたのもこの人である。

さらに女性関係も派手で色んな女性と親密な関係だったそうだ。

最初の奥さんとの間に生まれた娘たちと後添えの公妾さんたちとの関係が凄まじく悪く、その結果マリー・アントワネットがお家騒動に巻き込まれて宮内で派閥を作る結果となったと言われるぐらいに険悪だったとか。

女性関係もさることながら、経営・統治能力がちょっとどころかおおよそダメだったのでそのしわ寄せのせいで立て直しを図ったルイ16世が処刑されたと言われるぐらいに、間違いなく国の経済状況を悪化させフランス革命を間接的に引きおこした原因を作ったのだ。

ジジィ許すまじ。

でも今はその怒りを抑えてルイ15世のお話に頷いていた。

「オーギュストよ、本当に身体は大丈夫なのだな？」

「ええ、なんとか大丈夫です、問題ないです」

「そうか……あと一か月後にお前はオーストリアからアントーニア嬢を妃として迎えるのだぞ、決して無理はするなよ」

「は、はい……分かりました」

なんとか無難な受け答えをしたらそれ以上は追求されなかった。

医師も身体を調べて異常がないことを確認すると、三日ほど安静にすれば大丈夫だろうと結論付けた。

彼らが部屋を出て、俺はホッとひと息ついた。

まるで映画のような出来事を丸々学習しているような気分だ。

これはすごい感覚だ。

VRゲームに出せば売れると思うぞ。

まだ自分……ルイ・オーギュストこと将来国王になるルイ16世の身体に慣れないが徐々に慣らしていこうと思った。

ちなみに今日は西暦一七七〇年四月一一日みたい。


テレビもラジオもネットもスマホもなくて新聞か週刊誌ぐらいしか大衆向けの情報共有物しかない近世フランスへようこそ！

……俺こんな転生の仕方嫌だァー！！！　革命直前に転生されるよりはマシだけど嫌だァァァ！！！

ちなみにフランス革命は一七八九年に勃発したので約一九年ぐらいしか時間的余裕ないです。

これからどうすればいいのやら……。

頭を抱えながら俺は、転生したことを嫌というほど実感しながらこの先を過ごすことになったのであった。

2：近世の成人年齢は一四歳からだったりする

ルイ16世こと、ルイ・オーギュストに転生してしまってから一か月が経過した。

なんとか随行員とか国王であるルイ15世やその愛妾の方々とかと、フランス王宮で蠢くダークな会話などに受け答えしながら無事に過ごしている。

俺宛の来賓が何かと多いんですよね最近。

金持ちの貴族とか教会関係者がやって来て挨拶のついでに献上品をくれるんだよな。

明後日控えている結婚式までに数十人の人たちが賄賂……もとい献上品をニコニコスマイルで持ってきたんだ。

某テレビ局でやっている芸術品鑑定番組に出したら一品最低一〇〇万円から一億円クラスの美術品とか骨董品を五次元ポケットから出すようにドンドンと渡してきた。

どこからそんなに沢山持ってくるんだい？

「王太子殿下、うちのことよろしくお願いいたします」

「是非とも我々のことをよろしく……」

「娘でしたら何時でも歓迎いたします」

……とかきれいごと並べながら俺に渡してきたけどさ。

あまりそういった代物には興味ないの。

美術品の価値は分からないからね。

ダイヤモンドとか宝石で散りばめられた豪華な物よりも俺には欲しい物が一つだけある。

日本が誇る葛飾北斎先生の富嶽三十六景の原版がすごく欲しいと思った。

だって中身日本人だし（メタ発言）。

何より日本のことが凄く恋しくなっているんだ。

でも今の徳川幕府は鎖国政策をしているからオランダとか清国とかかなり限定された国家としか取引していないのよ。

よくそれで国内経済回っていたよねホント。

とにかくコッソリ付き人に浮世絵とか湯飲み茶わんなどを日本で買ってきてとお願いした。

いや、職権乱用ではないですよ？

ちゃんと俺の財布から資金は出しましたよ。

どこにそんな資金があるかって？

ちょうど貴族の一人が献上品を差し出してきてくれたところだ。

いっちょ実践してみよう。


「この美術品やら宝石は私が好きに使ってもいいのか？」

「はい王太子殿下！　どうぞご自由にお使いください！」

「分かった、では君のご厚意に感謝して自由に使わせてもらうぞ、念のためこの書類にサインしてくれ」

「はいはい、直ぐに書きます！　何卒よろしくお願い致します！」

「うむ、考えておくよ」

書類の内容を最後までよく見ずに貴族連中は俺に恩を売れたことに喜んでスラスラと書いてウッキウキで退室していった。

いや～書類の内容ちゃんと見なきゃだめでしょ。

書類の内容は『商品受け渡しに関する承諾書』であり、内容は金品をプレゼント目的で受け取った場合、それらを売却しても訴えないというものだ。

ほら、自由に使ってもいいって承諾取ったしええやろ？

これらを換金してより良いフランスの未来を作るために投資してやる。

俺には宝石とか美術品なんか必要ないんだよ！

そんな意気込みで貴族から物品を受け取って、商人に換金してもらいその資金を使っているというわけだ。

貰った美術品とか骨董品をトレードする形でフランス東インド会社に依頼してオランダ東インド会社から取り寄せることにしたんだ。

バレたらまずいけどまぁなんとかなるでしょう！

それに承諾書も書かせたからあいつらが後で文句を言ってきても法的に認められているから裁判で訴えられても勝てる自信がありますねぇ！

というわけで早速貰った宝石類のうち、一〇万リーブル分を換金してとある機関を設立することにした。

その内容はまだ極秘だけどね。

いずれ時期がきたら設立しようと思う。

こういった代物は有効活用しないといけないでしょ。

物々交換だったり金銭にトレードしたり……。

本来であればルーブル美術館でなくてもいいからセキュリティーが厳重な美術館を建設したいけど、財政厳しいから無理そう。

というか万が一革命が発生したら間違いなく革命派市民の略奪対象になりますねこれは……。

実際にこの前のデモ運動で美術館襲撃されて展示物破壊されていたし……。

なので革命でダメになるぐらいなら好きに使ってしまおうと考えた所存です。

俺の物は俺の物、扱い方も俺次第ってやつですわ。

倉庫にしまっているよりは遥かに有効活用しているぞ？

数か月かかるみたいだけど、どんな浮世絵と茶碗を持ってくるのかささやかな楽しみなんだ。

それにまだまだ貰った美術品とか芸術品はたんまりある。

貴族が貯蓄してダメにするよりはもっと有効に使ったほうがいいと思うんだ。

史実だとルイ１６世は錠前作りが好きだったみたいだけど、割と現代でそれができる人間はかなり少ない。

最低でも鍵の仕組みを理解したうえで作らないといけない。

もしルイ１６世が現代社会に転生したら工学系研究科の道に進めたかもしれない。

そうしたらきっと技術者として立派にやっていけたかもね。

さて、ヴェルサイユ宮殿においてアントーニア嬢こと、後のマリー・アントワネット妃との結婚式のリハーサルをやるために俺は別室で待機していたんだ。

紅茶を飲みながらリハーサル内容を再度確認して明後日の結婚式に備えている。

俺が転生する直前ではマリー・アントワネットの再評価が進んでいたが、近年までは完全に権力者として腐敗し浮気を重ねた悪女扱いだった。

「パンがなければお菓子を食べればいいんじゃない？」という言葉はマリー・アントワネットが言った言葉ではないのにマリー・アントワネット本人が言ったと長年言われ続け、おまけになりたくない王妃ベストランキングで上位トップをとるような女性だ。

革命派と、敵対していた貴族連中が必要以上に悪口を書きまくっていたということも分かっている。

ホントちゃんと調べればマリー・アントワネットはいい人なんだけど、不遇な扱いを世界史レベルで数百年後にも受けている。

調べれば調べるほどマリー・アントワネットが可哀想になってきた。

（いや、今の自分……ルイ16世じゃん？　だったらマリーを幸せにできるんじゃないか？）

そんな思いがこみ上げてくる。

息子のルイ17世とか子供なのに革命に巻き込まれた結果、人間扱いしてもらえずに牢獄に閉じ込められて無念の末に亡くなっていたりするし、何よりフランス革命後に起こったのは革命派の身内同士の内紛と弾圧を強めた恐怖政治だ。

それに飽きた国民はナポレオンによる軍事独裁政権を支持して、結果的にフランス革命とそれに続くナポレオン戦争によって五百万人近い国民が犠牲になったというデータもあるぐらいだ。

ならここで自分がどうにか抗えばフランスそのものもなんとかなるんじゃね？

革命阻止できるんじゃないかと考えた。

革命を阻止して美女と謳われた女性と幸せに暮らす。

○第一目標○
『フランス革命を全力で阻止してマリーと末永くお幸せに暮らす』

おお、いい目標ができたな。

よし！　マリーちゃんを迎えて幸せに暮らしますよ～！

名君ルイ16世って呼ばれるぐらいには頑張りたいと思います！

その後夜八時近くまでリハーサルを行い、俺は明日の結婚式に備えるのであった。

3：朝の香りはたまらねぇぜ

西暦一七七〇年五月一六日

ヴェルサイユ宮殿周辺の天気は晴れ、結婚式をするのにはとってもいい日だ。

俺……もといルイ16世とマリー・アントワネットとの結婚式ですぞ！

いやー、歴史的にも有名人だもんねマリー・アントワネット。

すっごい記念日じゃんか！

小説とか舞台とかゲームとかでも登場するし、日本でも知らない人はいないほどだ。

美貌の持ち主で彼女のバストを型取りした器が現代でも現存しているぐらいにはおっぱいは大きかったらしい。

確かネットで見た記事ではバストが一〇九センチあったみたいだし。

おおよそEからFカップ前後だったらしいので、そりゃもうバストがぷるんぷるん！！！！

男として妻になる女性の胸のサイズが気になるのは仕方ない。

そりゃ気になりますよ。

でもよくよく聞いてみたらまだマリー・アントワネットは一四歳、あとちょっとで一五歳になる時に嫁いできたそうだ。

ということは胸に関してもまだまだ成長途中かもしれないというわけだ。

うーむ、これ以上胸に関しては自重しよう。

というか本日(こっち)フランスに嫁いでくるので年齢的にみればかなり若い。

オイオイオイオイ、現代日本なら確実に結婚年齢達していないじゃんか！

……なのだが、昔では一五歳前後で嫁ぐことは当たり前だったらしい。

実際にこの時代あたりでは成人は一四歳以上だという。

つまり一五～一六歳ぐらいで出産するのは良くあったそうだ。

現代でもイスラム教の教えが強い中東諸国でも九歳ぐらいの少女が嫁ぐこともあるし、この時代では出産できる適正年齢として見られているようだ。

まぁ、価値観の違いだよなぁ……。

倫理感とかも全然違うし、今ではNGなことがここではOKという感じにいろいろとマナーが異なっている。

「いよいよ今日か……」

そんなこんなでルイ16世に転生して一か月。

礼儀作法などは一通りマスターできた。

とにかくだ、今日は結婚式だからシャキッとしないといけないね。

気合い入れていこうか！


——パン！　パン！　パン！


頬を叩いてしっかりと目を覚ます。

んでもって思いっきり窓を開けて息を吸い込むとヴェルサイユ宮殿周辺の茂みのにおいが鼻の中に入ってくる。

ヴェルサイユ宮殿の茂みの香り。

とくと味わおう！

すぅぅ～っ！！！！

「ゔゔゔぇぇぇ！！！　く、臭い！！！」
・・・
うんこのかおりだー！！！！

いや、事実です。

うんこ……大便……排泄物の臭いが部屋に漂ってくるぅ～（怒）。

朝の気持ちいい気分が台無しだよ！

どうしてくれんのホンマ。

文字通り糞尿の臭いが風に流れてくるのでうんざりする。

慌てて窓閉めましたわ。

それもそのはず……このヴェルサイユ宮殿にはトイレは王室や大貴族しか使用できないのだ！！！

宮殿の面積と比較してトイレが少なすぎるだろ！

つまり宮殿内にはトイレの数が限られている。

四角い箱で座るタイプのトイレだしね。

宮殿に仕えている中小貴族や使用人はどうしているか？

それはおまるを使用しているのだ。

おまる……糞尿を溜め込んでそれをヴェルサイユ宮殿周辺の茂みに捨てまくっているので臭いがし

てくるのだ。

これでもヴェルサイユ宮殿内はまだマシなほうであり、パリ市内が一番酷いらしい。

窓から容器内に入れてあるうんこや小便を投げ捨てる行為が日常茶飯事。

なので傘を差したりハイヒールを履かないと窓から落とされた糞尿が顔や身体に直撃という悲惨すぎることが起きるという。

想像しただけで気持ち悪い。

というか、女性の身に着けるドレスが広がっているのも、おまるの中に用を済ませるために開発された賜物だという。

あとハイヒールもうんこを踏みつけないようにするためのものだったとか……。

道路上には人間の大便や小便が散乱した結果、伝染病は流行するしパリは悪臭の都と言われる始末。

そのこともあってかパリでは水が汚染されていたので、パリっ子は酢で殺菌してから飲んでいたようだ。

……その話を聞いて、綺麗な水を飲める身分に転生してよかったと思う。

あと水道の蛇口を捻るだけで安全な水が飲めた日本はすごいなと身に染みて実感した。

下水道システムや糞尿買取システムを開発した江戸のほうが綺麗だと思う。

そのぐらい悲惨、もうパリはクソで満ちあふれている！　クソだけに！

こんな衛生環境最悪なパリを本気で変えたいやつ、至急来てほしい（切実）。

というわけで国王であるルイ１５世が死去したら真っ先に「衛生保健省」を国王の権限で作ろうと

思う。

ほんと衛生環境が酷すぎるから人が病むんだよ。

革命起きたのもそうした劣悪な衛生環境のせいだって説もあるぐらいだ。

衛生環境が悪いと労働意欲が低下するし病気にもなりやすい。

そんでもって税収が減って社会の活力が低下していくからね。


つまり環境が悪くなればなるほど負のスパイラルに突入してしまうというわけだ。

というわけで環境を変える！

絶対にこんなウンコシティーなんて呼ばれないようにしていこう！

綺麗にして花の都に相応しい衛生環境を整えてやる！

モデルは勿論、この身体に転生する前にいた俺の祖国日本だ！

江戸の汚水処理システムをうまく持ちこめば大幅に衛生環境を変えることができるだろう。

そうなれば市民の不満も減るだろうし、何より交渉次第では日本との貿易も可能になる。

あと出島を使っているオランダばっかり利益独占させねーぞ！

例えば横浜あたりはこの時代では小さな漁村みたいな場所だったからあの辺りを買い取ってフランス領にするのもいいかもしれない。

フランス領横浜……。

公用語がフランス語になり、フランスの自治領として香港みたいな感じになるのかな。

江戸に近い利点を生かして横浜開発……二〇世紀になる頃には貿易拠点として栄えそう。

でも神奈川県民が聞いたら怒りそうだけど別にいいか！

キリスト教の持ち込みはしない条件で入植すればいいかもしれん。

しかし日本はまだ鎖国政策しているからなぁ……交渉は難しそうだ。

医療とかこちらが有利な技術の交換とかでなんとかならないものか……。

いやいや、まだそんなことを考えるのは早すぎるのかもしれない。

捕らぬ狸の皮算用をするようなものだし、まだそれに関しては国王に即位した後で考えたほうがいいかな。

それよか結婚式が先だ！　結婚式！

マリーアントワネットとの初面会まであと三時間。

それまでにリハーサル通りにスピーチを決めて祝賀会をささっとやってしまおうかな。

ついでにいえばマリー・アントワネットはルイ１６世に対して初対面だったこともあったが、口下手な奴だったと思っていたらしいので、それなりに会話して彼女を安心させてあげよう。

なんたって俺は精神年齢は三〇歳そこそこのおっさんだ。

年相応の振る舞いを弁えつつも、電子世界（インターネット）の海で鍛え上げた会話スキルを使って親密になるべきだな。

というわけでマリー・アントワネットのお姿しかと拝見してくるぜ！

ウキウキしながら俺は使用人の手伝いを受けてマリー宛の手紙を書き終えてから服装を整えるので

あった。

4：アントワネット様と手紙

長く美しい黄金色の髪を束ね、白いドレスを身に纏っている美しい少女。

まだ一五歳にも満たない少女は、自分の運命がどうなるか気になってソワソワしていた。

人生初の結婚式ということもあるが、何よりも緊張を和らげようと自分なりに考えているのだ。

しかし、押し寄せてくる緊張を前にして、少女はそれを止めることはできない。

すぐそばにいた老婆が少女をやんわりと止めに入るほどであった。

「アントーニア様、あと二時間で結婚式になります。ご緊張なさっているのは分かりますが、もうじきお化粧の時間でございます」

「分かっているわ！　でも、私は納得できないのよ！　娼婦まがいの女性を王室に近づけているのが嫌いなのよ！」

「アントーニア様！　お気持ちは分かりますがおひとつ穏便に！　声が廊下に聞こえてしまいますわ！」

「ふん！　私は今日でフランス王室の王太子妃として名前もマリー・アントワネットになるのよ。今から私のことはマリー・アントワネットと呼んで！」

「ははっ！　失礼いたしました！」

侍女はアントーニアこと、マリー・アントワネットに必死に頭を下げた。

そう、この美しい少女こそルイ16世ことオーギュストの嫁となるマリー・アントワネットだ。

だが、アントワネットの機嫌は結婚式なのに随分とご機嫌斜めだ。

その理由は結婚相手であるルイ・オーギュストの祖父であり現フランス王国国王のルイ15世の事実上の妻になっている公妾（こうしょう）デュ・バリー夫人のことが気にいらないのだ。

というのもアントワネットの母親でありオーストリア女大公のマリア・テレジアが厳格なキリスト教徒だったことに由来する。

娼婦などは堕落した女性が行う最低な行為だというキリスト教カトリック系の教えに強く影響を受けたアントワネットは、婚約状が送られた際に、ルイ15世の現妻が多数の貴族の男性と性的関係を持っていた事実を聞いてかなり毛嫌いしていたのだ。

マリーは結婚を前提とするなら清く、純愛主義者であったと言えるだろう。

史実では結婚して早々にデュ・バリー夫人と宮殿内で酷く対立してしまい、余りにも仲が悪くなりすぎてルイ15世が激怒して同盟破棄を検討したほどだった。

アントワネットの母親であるマリア・テレジアからも「気持ちは凄く分かるけど流石に喧嘩していたら国際的に両国の関係がシャレにならないからやめようね！」と忠告されるぐらいには関係は険悪であったと伝えられている。

結婚して早々に彼女は宮廷内の闘争に巻き込まれ、さらに結婚生活や王宮での貴族との関係になじめずにありもしない誹謗中傷のデマを広められ、そしてそうしたデマを取り上げた革命派によって最後は処刑されるという悲惨な末路を迎えたのだ。

「とにかく……これからルイ・オーギュスト様の妻になる以上、私からわがままを言える機会なんてそうそうないわ。ならせめて今だけは愚痴を言わせて頂戴」

「アントワネット様……ん？　これは……手紙？」

マリー・アントワネットが待機している部屋に一通の手紙が差し入れられた。

その手紙を侍女が拾う。

綺麗に折られた手紙には『アントーニア様へ』と書かれていた。

手紙の差出人の名前は書かれていない。

ドアを開けるも、そこには護衛官以外だれもいなかった。

侍女は護衛官に尋ねた。

「この手紙を差し出されたのは何方ですの？」

「それは申し上げることはできません、しかし……あなた方を大切にしようとしている方からの手紙でございます」

「……分かりましたわ、引き続き見張りをお願いいたします」

「はい、それまではどうぞごゆるりとなさってください」

護衛官は頭を下げて侍女はアントワネットに手紙を渡した。

アントワネットもこの手紙には流石に戸惑いを隠せなかった。

名指しで手紙を差し出せる人物はそう多くはない。

貴族ですらそんな大それたことをすることはできない。

出した人物は必然的に限られる。

王太子の妃になる人物に手紙を送ることができるのは王太子か国王のどちらかだ。

アントワネットは恐る恐る手紙を開けると、彼女の故郷であるオーストリアの言葉でこう書かれていた。

拝啓
遠路はるばるヴェルサイユまで来てくださり誠にありがとうございます。

まずはオーストリアとフランス王国との友好を。

そして何よりもマリア・アントーニア様がフランスを好きになれるように我々は日々邁進してまいります。

本来であれば直接部屋に赴いてお話ししたかったのですが、今はまだ結婚式のしきたりのためにお話できないため、手紙を出させて頂いた所存でございます。

結婚式と祝賀会が終わったのちに私たちの未来への展望を語りたく、そちらにお伺いいたします。

何卒これからもよろしくお願いいたします。

By　ルイ・オーギュスト

「まぁっ!!　なんという手紙なのかしら!!　オーギュスト様からのお手紙でしたの」

「なんと……内容はいかがでしたか？」

「悪くはないわね……中々詩的な感じよ。〝未来への展望を語りたい〟だなんて……あまり聞かない新しいフレーズね」

アントワネットの機嫌は手紙を貰うまでの状態からまずまずの状態に持ち直った。

このような手紙を送りつけてくるとは思わなかったからだ。

表面的にだけでも心配してくれているならそれだけでも有難い。

フランス語をつい最近になってようやくマスターしたアントワネットにとって、ルイ・オーギュストへの第一印象は史実よりも良くなったのは確実であった。

「オーギュスト様……ふふっ……どんな人なのか気になってきたわ」

アントワネットはあと二時間後の結婚式で対面するルイ・オーギュストのことが気になっていった。

本来であれば政略結婚であり、アントワネット本人としても本意ではなかった。

大好きであった母マリア・テレジアや兄弟、ひいてはオーストリアのためにフランスに赴いたのだ。

不安と焦りもあっただろう。

それがルイ・オーギュストの気さくな手紙によってアントワネットの心の中で少しだけゆとりができた。

アントワネットは落ち着いた様子で椅子に座って侍女に言った。

「それじゃあお化粧を済ませてしまいましょう。手伝ってくださる？」

「はい！　ただ今すぐに！」

先程よりも柔らかい表情になったアントワネットを見た侍女は、ホッとしながら化粧やドレスの着付けなどを手伝うのであった。

5：讃美歌

ついに結婚式をやってまいりました。

はい、結果は大成功です。

ヴェルサイユ宮殿を使った結婚式なんて後世の女性陣が聞いたらきっと羨ましがるに違いない。

そのぐらいに凄かった。

SNSに画像を貼りつければ直ぐに「いいね」ボタンで埋め尽くされるぐらいには凄かった。

まずバチカンから大司祭さんがわざわざやってきてくれたのよ。

ホテルとか式場の神父とかはアルバイトの外国人男性がやっているケースが多いけど、ちゃんとした聖職者がやって来てくれたからね。

そりゃ王太子と大公の娘さんの結婚式ですもの。

王室礼拝堂の聖歌隊とかで讃美歌の大合唱は大迫力だ。

まるで劇場で上映される物語の中にいるような感じだ。

結婚式に参列している人々も凄かった。

大勢の貴族や国の重鎮が一斉に集まってお祝いの言葉を申し上げて、俺とアントワネットの結婚式を喜ぶなんてそうそうない光景だ。

王室の結婚式は基本的にスケールが凄すぎる。

テレビで王室や皇族の方々の結婚式の番組とか見たことあるけど、当事者になってみると大迫力で劇の主人公になっている気分だ。

絢爛豪華な部屋で行われた国の威信が表われた威風堂々たる結婚式。

まさに盛大に行われたので圧巻の一言だ。

千葉県にある某テーマパークに来たみたい。

テンション上がったなぁ〜。

「ルイ・オーギュスト殿、貴方はマリア・アントーニアとの永遠の愛を誓いますか？」

「誓います」


もうその瞬間にアントワネットの顔を見るとどことな〜く、嬉しそうな表情でしたね。

さっき使いの人に渡した手紙が上手く届いたみたいだね。

いやほんと良かった。

きっと緊張していたのかもしれないが、アントワネットの機嫌は終始良かった。

まず式典で出されたのがマリー・アントワネットの指にはめる指輪。

職人が丹精込めて一年かけて作ったものらしい。

サイズ測ったりとかしていたみたいだけど、かなりシンプルなデザインでありながら洗練されているように感じる。

流石王妃になる女性に送られる指輪だけあるわ。

実際にアントワネットの指にはめる際に落とさないか心配になったほどだ。

でも無事に指にはめることができて本当に良かった。

こっちもアントワネットに指輪をはめてもらいました。

いやー中々センスのある指輪だな。

なんか竜みたいなデザインが刻印されているし。

相当こちらも凝って作りましたね。

指輪交換を済ませてから誓いのキスをして終了。

……ではなく、その後も結婚式の行事は続いていく。

結婚式の後に行われた披露宴では国内外の著名人や貴族、王族関係者が集まっている。

その中でも注目されたのが俺とアントワネットであった。

当事者であることは勿論のことだが、何よりも二人の結婚をどう見守るか考えている人たちがいたからだ。

国王陛下であるルイ15世は勿論のこと、国王の娘さん……というかルイ・オーギュストからしてみれば叔母にあたる人物たちだ。

アデライード、ヴィクトワール、ソフィーの三人だ。

大らかそうな顔をしているが、祖父のルイ15世とはとても仲が悪い。

彼女たちの心境は複雑なのだろう。

オーストリアとの同盟を嫌い、また祖父が現を抜かしている原因が公妾にあると考えていたからだ。

そのために宮廷内の争いでマリー・アントワネットを唆けたとも伝えられている人物だ。

おまけにこの姉妹は派閥争いで公妾とアントワネットを焚き付けた後、普通にフランス革命を生き延びているのだ。

ああ……ソフィーは病気で革命が起こる前に死んだっけ?

とにかく議会が姉妹に外国への渡航を認めたため、そのままローマとかに逃げきることに成功しちゃったのだ。

もっともやばくなった情勢を察してか真っ先に親類を頼っていたらしいが、それでもフランス革命でちゃっかり生き延びた王族関係者としては有名だろう。

革命から生き延びた分悪運が強かったが、それでも祖国フランスに返り咲くことはなく互いに亡命者としてその後は寂しい生涯であったという。

……うーん、派閥争いはやめようねホント。

競争目的としてはいいかもしれないけどね。

某日本の大企業も社内での派閥争いに現を抜かした結果、大赤字になって外資系企業からの融資に頼るほどに業績が悪化した例がある。

某自動車メーカーとか某家電メーカーとか……。

バブル経済がはじけた途端に企業内派閥で傾いた企業は数知れず。

おまけに後継者争いは割と謀殺とか普通にあるからおっかない。

そうでなくても評価を意図的に落としたりして誹謗中傷攻撃とかあるし。

とにかくあの三人には気を付けないと……。

特に、アデライードには要注意だ。

派閥争いもそうだけど、アントワネットが安息できる場所を用意できるようにしないとね。

まだ一四歳……いくらこの時代で成人年齢だといっても一四歳は最も精神面的に影響を受けやすい時期だ。

アデライードとヴィクトワールと接している際には確かに笑顔だったが明らかに作り笑顔だ。

必死になって笑おうとしているのだ。

人間関係における今後の課題といえばそんなところだろう。

そんでもってマリア・アントーニアは正式にマリー・アントワネットとなった。

愛しのマリーと呼ぼうと思ったのだが、ファーストネームでマリーを付けるのは王族や貴族でもほとんど常習化してしまっているのだ。

なので俺は彼女のことをアントワネットと呼ぶことにした。

危うくマリーで呼んじゃうところだった、ヤバイヤバイ。

なぜかと言うと、アデライードやヴィクトワールもファーストネームが「マリー」なんだよなぁ。

なのでこれからはアントワネットだ。

片手にシャンパンを持って周囲を見ているとアントワネットから声がかかってきた。

「オーギュスト様、いかがなされましたか？」

「いや、なんというかまだ少々緊張していてね。アントワネットは大丈夫かい？」

「はい！　私は問題ありません！　お疲れ様でしたらご一緒にお部屋に行きませんか？」

おっと、お誘いイベント発生だ。

確かにアントワネットに今朝手紙出しましたね。

ノリノリで筆をサラサラっと書き終えたんだが……。

『未来への展望について語りたい』

……すっごい中二病全開じゃないかコレ。

改めて勢いとノリで書くのはやめたほうがいいと思った所存だ。

もちろんアントワネットの誘いを断る理由はない。

「そうだね、では一緒に部屋に行こうか」

「はい！」

祖父や叔母たちに一通り挨拶を済ませてから、俺とアントワネットは部屋に向かうのであった。

6：入浴という風習がフランスにはなかった

俺とマリー・アントワネットは祝賀会を一緒に抜けると、新たに用意された居室にやってきてきた。

この居室は俺とアントワネットがこれからずっと暮らしていく部屋となる。

インテリアも充実しているし、何よりもこの部屋は日当たりも申し分ない。

部屋の前まで付き添ってやってきた使用人や侍女さん方も俺たちが部屋に到着するなり、部屋の外で待っているらしい。

どうやら向こうさん方は俺とアントワネットの初夜を期待しているんじゃないかな？

早い話が身体を密接に重ねた結果……やったね、オーギュストちゃん！　家族が増えるよ！　ってか？

……だが申し訳ないがまだ身体と密接に交わるのは早すぎる。

年齢を考えろ年齢を……。

現代日本なら犯罪行為に当たってしまうぞ。

そんなわけで俺はアントワネットと共にベッドに座って話を始めた。

最初に話を切り出したのはアントワネットだった。

「オーギュスト様、先ほどはありがとうございました。先ほどの手紙……あれは貴方がお書きになったのですか？」

「うん、ちょっと勢いで書いてしまったんだよ。アントワネットと会うのが待ちきれなくてね……迷惑だったらごめん」

「いいえ、そんなことはありませんわ！　未来への展望を語りたいだなんて、なかなか詩的にお書きになる人はあまりおりませんのよ？」

あの手紙を出して大正解のようだ。

アントワネットは俺を好意的に捉えているらしい。

第一印象はまず大丈夫だ。

見た目からして問題はないと思われる。

しかし、こうして近くでアントワネットを見てみると……。

ほんとフランス人形みたいだなーって思うぐらいには可愛い。

くるくるしてもっさりした髪は……実はカツラだったという衝撃的な事実がある。

転生してから理解したのだが、この時代は衛生環境はよろしくなかったので欧州ではカツラを付けて、それを貴族などの威厳を保たせるように行ったのが始まりらしい。

なのでアントワネットが頭の上に付けていたカツラを外すと、地毛である黄金色の髪が見えてきたのだ。

肖像画などでは白毛でソフトクリームみたいな髪の毛で描かれていたが、実際に見てみれば短くて綺麗に整えられた髪の毛をしていたのだ。

新発見！　マリー・アントワネットの地毛は金髪だった！

それを見て俺は思わず呟いた。

「おぉ……綺麗だ」

「なっ、あ……ありがとうございます……」

綺麗だといったら顔を真っ赤にして照れているアントワネットが隣にいる。

うちの嫁可愛い（最重要）。

ライトノベルやアニメなんかで、こんな美人の女性キャラクターがお嫁さんになればいいなーと思うことがあるかもしれない。

そのぐらいにアントワネットの顔立ちはとっても美人だ。

つい言ってしまった。

反省はしていない。

「お、お、オーギュスト様もなかなか凛々しいお姿ですわ。すごく身体つきがいいですけど……何か運動などをやってらっしゃるのですか？」

「毎日体操とトレーニング……それからお風呂に入っているからだね」

「お、お風呂に毎日入っているのですか⁉」

「うん、毎日だよ」

毎日入浴していることを告げたらどえらくアントワネットは驚いた様子だった。

そりゃそうだろう。

なんたって公衆衛生概念というものがないから入浴なんて半年に一度はザラであった。

だってこの時代の欧州では『水に入ると病気になる』という現代からしてみれば信じられないようなことが信じられていた時代だ。

特にフランスでは群を抜いて風呂に入る習慣がなかった。

風呂に入らず香水付けて臭いを誤魔化していた時代なので、香水切れたら基本的に体臭が凄まじい人しかいないという地獄絵図だ。

シャワーが発明された一九世紀後半になるまでは入浴という文化は普及していなかったのだ。

いやー、道理で体臭キツイ人が多いなと思ったよホント。

一応ヴェルサイユ宮殿にはルイ14世の時代にバスタブが作られていたので、そのバスタブを使って毎日入浴している。

月一ぐらいでしか水浴び程度しかしない彼らからしてみれば、転生してから王太子権限で毎日バスタブで三〇分間じっくりと風呂に浸かっている俺の行為はかなり奇異に見えたらしい。

でも王太子なので直接言ってこないのは幸いだな。

誰がなんと言おうとこれが日本流の入浴作法じゃぃ！

お陰で転生前にルイ・オーギュストの肌にこびりついていた垢は綺麗に洗浄されたのであった。

最初に風呂に浸かった際に垢が大量に浮き出たのは気持ち悪かった。

でも入浴をしっかりするようになってからは垢もほとんど出てこないうえに、身体もポカポカと温まるので体調もすっかり良くなってきている。

アントワネットに風呂の良さを思わず言ってしまうほどであった。

「お風呂はいいぞアントワネット。特に東洋では体内で溜めている毒を吐き出す健康法としても有名だよ。温かいお湯で身体を肩まで浸かっていると疲れが出ていって気持ちがいいんだ」

「そ、そうなのですか……お、お風呂を毎日……」

「うん、お風呂に入るようになってから身体の調子がすこぶる元気になったんだ。良ければ明日使ってみなよ。きっと気に入ると思うよ」

「そ、そこまで入浴が素晴らしいのですか……で、ではオーギュスト様がそう仰るのであれば……明日早速バスタブを使わせて頂きますね」


史実だとアントワネットは風呂好きだったからな。

あ、ちょっと待って。

そういえばオーストリアから嫁いできたアントワネットも結構な頻度で風呂入っていたよね？

オーストリアは入浴の習慣があったはずだが……。

でも数日に一回程度だったような。

おっと選択肢ミスった？

まぁ入浴の話はここまでにして、ちゃんと手紙にも書いてあった未来への展望について語らないと。

俺は顔を引き締めてアントワネットにこれからフランスで起こることを伝えるべく、意を決して話題をディープなものに変えていくことにした。

7：未来への展望

「では、手紙で語った『未来への展望』について詳しく話そう。アントワネットにもしっかり聞いてほしい話だからね」

未来への展望。

それはフランス王室の未来を担う重要な鍵だ。

そのためにアントワネットの素性を詳しく知る必要がある。

アントワネットはじっと俺の目を見つめている。

可愛らしく、それでいて真っ直ぐな瞳に向けて話を始めた。

「アントワネット、いいかい。私たちは時代の大きな転換期に立っているんだ」

「転換期……？」

「そうだ、転換期だ。もうじき人々が蒸気機関を使って人類史を飛躍的に発展させる時代がやってくる」

「蒸気……機関？　それはどんな物なのでしょうか？」

「蒸気機関というのは、水が沸騰した際に起こる蒸気の熱を利用して機械を動かすんだ……絵を描いて説明するね」

アントワネットに蒸気機関について詳しく説明するために俺は紙と羽ペンを使って簡単なイラストを描いた。

水を火で熱し、その熱源を利用して動くイラストだ。

口で説明するよりもイラストを見せたほうが分かりやすいだろう。

実際アントワネットも話を聞くよりもイラストを見せたほうがなんとなくだが分かってくれたようだ。

「……と、こんな感じで蒸気の熱を利用して馬よりも力のある機械を動かすことができるというわけだ」

「馬よりも力のある機械……」

「そうなれば蒸気機関を利用し工業を主体とした産業文明時代に突入するのだよ。産業の力が国王よりも強大になり、産業が国を制する時代が幕を開けるのさ」

ヨーロッパでは産業革命時代の幕開けやフランス革命が起こった前後が近世と近代の境目にあたる時代の分岐点となっているんだ。

既にイギリスでは蒸気機関を世に広めた発明家ジェームズ・ワット氏が現代でも通用する蒸気機関を開発することに成功している。

まぁ早い話が産業革命が起きて人々の生活が一変したというわけ。

世界の歴史が大きく動くのだ。

「正直な話、フランスはイギリスよりも産業においては一歩遅れているからね。祖父の戦争・植民地政策の失敗、積み重なる国費に反して減り続ける国庫……これらを解決するには産業の基盤をフランスに作ることにかかっているんだ」

「つまり、オーギュスト様は国王になられた際には……工業というものを大々的に作るおつもりですか？」

「その通りだ。そうなれば国は豊かになる。しかし乗り遅れてイギリスとの競争力を失えばたちまち我が国の経済は鷲に食い殺されるひな鳥のように地に落ちていくだろう。ある意味博打さ」

実際問題、国の金がねェんだワ。

すでにフランスの経済は底ではないがかなり不景気気味だ。

これもあれも全部、戦争に明け暮れたうえに豪華な建築物をタケノコのようにバンバン建てたルイ14世と、そうした問題を解決せずに国力と経済力を考えずにイギリスに戦争を仕掛けてフランスがアメリカ大陸から撤退してしまい大損したルイ15世の治世が原因なんだよなぁ。

それまでフランスはアメリカ大陸でもそれなりに土地を持っていた国家でもあった。

でも何かと負けず嫌いであったルイ15世はアメリカ大陸・西インド諸島・インド大陸でイギリスと戦争を起こすも大敗北を期し、植民地のほとんどを手放した。

結果的に残ったのは戦争によって嵩んだ戦費と借金だけであったのだ。

(対外的に平和路線にしておけばアメリカ大陸やインド大陸の一部がフランス領だったのに……ルイ15世め、勿体ないことしやがって)

心の中で愚痴りつつも話を戻そう。

そうした祖父たちの積み重ねた財政赤字や民衆の不満のしわ寄せが全てルイ16世に降りかかった結果、フランス革命は勃発したのだ。

そんでもってアントワネットは宮殿内での対人関係でのストレスが原因で競馬などの博打やドレスなど衣装……数百着の爆買いを国の税金を使って行ったことが庶民の怒りを買い、国民の信用を損なわせてしまう一因となった。

あと議会を招集しても多数決制に対して駄々を捏ねる無能な大貴族とか聖職者とかの意見をルイ

16世が事なかれ主義で済ませてしまったことで、革命派が大躍進して王政が打倒されてしまう結果を生み出した。

そうしたことにならないようにアントワネットにいろいろと教えるべきなんだと思う。

「このフランスの現状を鳥に例えるならやせ細った鶏だ、このままだとあと二〇年ぐらいで私達は残った肉すら失い、やがては病魔に蝕まれて死んでしまうだろう……そのような悲惨な末路だけはなりたくないのだよ」

「……オーギュスト様は国を本気で変えるおつもりですか？」

「もちろんだ。たとえそれがいばらの道だとしてもだ。このフランス王国を、そしてアントワネット……君を幸せに……そして平穏に暮らしたいから俺は既に準備をしているんだ。国王になったらこのフランス王国を根本的に立ち直らせる。そのためには君の力が必要なんだ、どうか協力してくれないか？」

「わ、私の？」

俺は真っ直ぐな瞳で見ているアントワネットに手を差し伸べた。

俺は悪女だとは思っていない。

時代に翻弄されてしまった被害者だと思っているのだ。

確かにまだまだ教育が未熟なところもあるだろう。

それでも俺はアントワネットと一緒にフランスの未来を作り上げたい。

その一心で手を差し伸べたんだ。

子供を身ごもった後はギャンブルなどはやめたし、革命が起きた際には子供の身を案じていたのもアントワネットだ。

歴史的な資料などを見る限りでは王族として優雅さなどを持ちつつも、子を案じる親として愛情を注いでいたのだと思う。

アントワネットはゆっくりだが、差し出した手をゆっくりと握りしめてくれた。

温かい。

アントワネットは温かい両手で手を握ってくれた。

信頼を勝ち取ったのかどうかはまだ分からない。

それでも彼女は手を握り、少しだけ震えるような声で言った。

「私は……まだ私は未熟者です。そんな私のために……いえ、国と国民のために……そこまでお覚悟を決めていたのですね……すみません……私……覚悟なんて……決めていなかった……」

「いいんだアントワネット……君は俺を信頼してくれた。手を握ってくれた。そんな君が俺は大好きだよ」

その言葉が心にクリティカルヒットしたのだろう。

アントワネットの涙腺が潤み、涙がポロポロとこぼれ落ちていく。

「ああ、オーギュスト様！　オーギュスト様！」

「大丈夫だよ……頑張ったね……」

いろいろと溜まっていたフラストレーションが爆発したのだろう。

気が付けばアントワネットが俺の胸の中で涙を溢していた。
そんなアントワネットを抱きしめて頭を撫でる。
彼女の温かみと香りを感じながら結婚式の夜は過ぎていったのであった。

ヴェルサイユの箱

8：愛しの妻の寝顔は可愛い

なぜこうも身体が温かいのか？

朝起きてから俺は理解した。

昨日、ベッドの中でナニが行われていたかを……。

それは愛しのアントワネットを抱きしめたまま爆睡してしまったのだ。

決して朝を迎えるついでに人生における初体験をしたわけではない。

俺は転生前も転生後も至って普通の童貞だ。

卒業はまだできていなかったぜ……。

肝心の時に心の準備ができていなかったんだ。

大人の階段を上るのはもう少し先になりそうだ。

「……すぅ～……すぅ～……」

アントワネットなら俺の腕の中でスヤスヤと眠っている。

彼女の寝顔は本当にかわいい。

んもぅ！　可愛い！！！（重要）

本当にスマートフォンがあればこの寝顔を撮影したいぐらいだ！

近世フランスでスマートフォンと共に……。

……ってスマートフォンがあっても充電できなくてそのうち大変なことになりそう（マジレス）。

なので脳内と網膜にアントワネットの寝顔をしっかりと見つめて深層記憶に残すことにしよう。

さて、アントワネットと一夜を過ごしたからにはやるべきことがいろいろとある。

まずはアントワネットが一人で過ごせる時間を取り決めないといけない。

なんたって彼女は昨日から王太子妃となった少女だ。

一四歳という若さで王宮に迎え入れられたことでいろいろと課題もある。

というか、いかにして彼女をサポートするかで俺の脳内会議は起床してから集中審議状態になっている。

そこで今一度おさらいしよう。

まずは宮廷内における勢力図なんだが……。

いろいろと派閥とかが乱立しすぎていてギスギスしているのは重々理解している。

それでも宮廷内にはいろいろな人がいるので調整していこう。

その中でもアントワネットとの関係で繊細に気をつけて扱わないといけないのが、デュ・バリー夫人だろう。

叔母たちは彼女のことを娼婦扱いしており、アントワネットも彼女の育ちを問題視していて史実では関係はかなり険悪だった。

アントワネット自身が愛妾とか愛人関係を嫌っていた母親からの影響が強かったのもあるが、何よりも叔母たちがアントワネットに加勢したうえで煽りまくったのがいけないのだ。

確かにデュ・バリー夫人は大勢の男性と夜を明かしたことは事実だ。

洋服の仕立て屋だった女性が貴族に気に入られて、結果的に愛人としてルイ１５世に仕えたのだ。

なろう小説の逆ハーレム状態だったといえば分かりやすいだろう。

そんでもって精力絶倫（エロモンスター）のルイ１５世は彼女以外にも愛人に関しては公式記録だけで一〇人以上と交わっていたことが確認されている。

性欲が強すぎてインパクトデカすぎ！

なんたって愛人を囲うためだけに作られた『鹿の園（その）』という娼館（ヤリ部屋）がヴェルサイユの森にあったぐらいだ。

なお、この娼館はデュ・バリー夫人が公妾として仕えた去年の一七六九年に閉鎖された。

絶倫過ぎんでしょ。

きっと記録に載っていない人とかも含めれば数十人に及ぶのではないだろうか？

日本でも第一一代将軍徳川家斉は分かっているだけで一六人の妻妾を持っていて、五〇人以上の子供を授かっている実績がある。

しかしながら愛妾のためだけに娼館をわざわざ建設したのはルイ１５世ぐらいだろう。

そんなデュ・バリー夫人に現在ラブラブのルイ１５世に対して叔母たちは当然ながら猛反発している。

そりゃそうだ。

ちゃんとした奥さんをほったらかして公妾や愛妾に現を抜かしている父親がいたら激怒するだろう。

俺が叔母たちの立場なら父親やそれらに取り巻いている女性たちに対して嫌厭するだろう。

なので叔母たちの気持ちも分かってしまう。

ただ、ルイ15世に対してハートを射抜いたデュ・バリー夫人も、それはある種の才能であると思う。

大勢の男性と寝たことで情報を集めることが得意だったのだろう。

その情報もさることながら、親しみやすく愛嬌の良い彼女は宮廷内でも一定の支持層を獲得して公妾という地位にまで上り詰めたのだ。

なので彼女は男を籠絡するテクニックに長けているのだろう。

この人はルイ15世の死後も多くの貴族や高級軍人の愛人として優雅な生活を送っているのだ。

美しい女性は魔性の香り……とも言うべきか。

とにかく、アントワネットに関しては史実みたいに宮廷内のゴタゴタに巻き込まれないように根回しをする必要がある。

そのためには彼女を支えてくれるサポーターが必要不可欠だ。

個人的には丁度今年宮廷に仕えることになっているランバル公妃マリー・ルイーズに大いに期待したい。

ランバル公妃は女官長としてアントワネットに仕え、アントワネットが一時的だったとはいえ女官長をポリニャック公爵夫人に替えたり革命が勃発した後でもアントワネットを見捨てずに助けようと努力していた誠意と純情さは特筆すべきことだろう。

しかし、悲しいかな……革命が勃発した後でも彼女はアントワネットを助けるためにフランスに戻り、彼女は裁判でも最後までアントワネットを庇った。

その結果、彼女の運命は決まってしまう。

革命政府がマリー・アントワネットのアドバイザーであったマリー・ルイーズを許すはずもなく、革命政府に捕らわれた後は集団ヒステリーに陥った暴徒化した市民によって集団暴行をされた挙句、ナイフなどで身体を切り裂かれて絶命するという悲惨な末路を遂げた。

一方で彼女のライバル的存在であったことポリニャック伯爵夫人は周囲から流されやすい性格であったルイ16世をまんまと利用して爵位を格上げしたうえに権力と富をほしいままに独占し、革命が勃発した直後に夫婦共々スイス経由でオーストリアに亡命している。

アントワネットやルイ16世を利用するだけ利用した後にポイ捨てしたのだ。

こうした史実における歴史を踏まえて判断しよう。

夫である俺がアントワネットに悪い虫がつかないようにしなくては……使命感がぐっと心の中で湧き起こる！

そんな決意を胸に秘めていると、アントワネットはようやく目を覚ましたのであった。

9：赤ちゃんは何処からやって来るのか？

目が覚めたばかりのアントワネットから優しく声をかけられた。

「お、おはようございますオーギュスト様……」

「おはようアントワネット。よく寝れたかい？」

「はい、オーギュスト様のおかげでよく眠れましたわ……ハッ?!」

アントワネットは何かを思い出したかのように目が覚めるとすぐに飛び起きた。

キョロキョロと周囲を見渡すと、アントワネットは申し訳なさそうに俺に言った。

「そ、その……昨夜は……た、た、大変失礼いたしました……」

「……？　大丈夫だよ。昨日はフランスについて話し合い、そしてそのまま眠りについただけだよ」

どうやらアントワネットは俺のことを気遣っているらしい。

昨夜、俺はアントワネットに未来のフランスを作ることを語り、アントワネットはそれに同調してくれたのだ。

問題ない。

むしろアントワネットが俺を信頼してくれたのだ。

その時、俺は心の底からすごく嬉しかった。

アントワネットは通説で言われていたような悪女ではない。

もっと純粋な……少女として、人として、彼女の側面を見ることができたからだ。

だが、様子を窺うとアントワネットは顔を赤くして身体をもじもじとしながら呟く。

「そ、その……ご、ご、ご、ご同衾（どうきん）で……」

「ん？」

「お、お、お、オーギュスト様とご、ご同衾をして……わ、わたくしだけその、先に眠ってしまって……しょ、初夜ができずに……も、ももも、申し訳ございません！！！」

どうやら初夜を迎えなかったことを謝っているようだ。

いやいや、だからまだ初夜は早いって！！！

朝を迎えたけど、俺とアントワネットはキスより先のことはしていない。

初夜というのは夫婦間における初めての夜の営みという意味だ。

早い話が二つの肉体が初夜によって一つに繋がるということ。

コウノトリが赤ん坊を運んでくるわけじゃない。

そうした性教育が通用するのは小学生までなのだ。

なので、俺はすかさずアントワネットにフォローを入れた。

「大丈夫だよアントワネット、そう結婚してすぐに初夜を迎える必要はないんだよ」

「で、ですが外にいる人たちになんと言えばいいか……」

「外にいる人たちも初夜を求めてはいないさ。むしろ二人の仲がどんな感じか気になっているだけだよ」

「私たちの仲……ですか？」

結婚して早々に仲が悪くて喧嘩にでも発展したらマズイことになる。

王室関係なく新郎新婦が寝室でいきなり怒鳴っていたり喧嘩していたら不安になるよね。

そう考えれば俺たちの関係はかなり出だしの良いスタートを切れたものだ。

男女関係における段階をしっかりと踏むべきだ。

それに互いのことをもっと知る必要があるだろう。

「うん、初夜を迎えるのはもっと先になると思う。それまでに互いのことを知る必要があると思うんだ」

「互いを知る……」

アントワネットは一四歳、んでもって俺は一六歳だ……。

現代日本でその歳でSNS上で初夜報告でもした暁には掲示板に晒されて、住所特定と学校・職場・近隣住民に対して嫌がらせ行為が始まるだろう。

この時代では一四歳で大人という認識だったので一四歳で結婚して即初夜でも問題なかったようだ。

なので今の一八世紀では貴族は勿論、庶民の間でも比較的珍しくもない光景だったらしい。

しかし、いくらこの時代で合法だといっても問題がある。

まず一つ目はアントワネットの年齢だ。

現代日本の法律では民法七三一条において男性は一八歳、女性は一六歳にならないと結婚できないとされている。

早い話が最低でも一六歳以上から子供を産むのに適している年齢と言えるからだ。

それよりも若いと健康的に不安視されるうえに、未熟児が産まれるリスクが上がるのだ。

特にアントワネットは一四歳だ。

一四歳といえばまだ少女という枠組みに分類される。

当然ながら思春期真っ盛りの少女はいろいろと精神面で不安定になりがちだ。

思春期特有の心理的なストレスで母体や胎児にダメージが蓄積し、それが原因で流産や死産をしてしまえばアントワネットは深く悲しむだろう。

そんな光景見たくないし……。

俺個人としては心身ともに整った一八歳ぐらいで子供を授かるべきかなと思っている。

そして二つ目の問題なのだが。

これはルイ16世こと、俺に起こっている問題で割と深刻なものだ。

一個人では恥ずかしい話題で済むかもしれないが、王族となれば後継者に関わる重大な問題になってしまう。

というのも、俺は来週に先天的性不能の手術をする予定だ。

なのでどのみち初夜はしばらくできません。

まぁ、決してやましくなく医学的な意味合いを言えばだ……。

性器の先端にちょっと問題を抱えていたのだ。

最大角度で起立しても皮が覆いかぶさっている状態なのだ。

そう、転生して一番たまげたのは自分の身体だった。

このままでは女性との間で子作りをするうえで、衛生的に問題アリな状態だった。

皮が性器の先端を完全に覆い被っているのでかなり支障があるのだ。

医学に関しては素人の俺から見ても分かるぐらいに性器の先端が深刻なレベルで手術が必要なほど

だった。

これが原因で史実では結婚してもルイ16世とアントワネットは七年もの間、夫婦間における夜の営みをしていなかったと言われているのだ。

たしか産まれた時に割礼したはずなんだが、どうも上手くいかなかったらしい。

デリケートな部分だし表沙汰にならなかった理由の一つなのかもしれない。

資料によっては生まれた時に割礼したとか、実際はそうした手術をしていないとかまちまちで長年の疑問だったんだ。

通説は事実だったが、夜の営みに支障をきたすレベルだったとは思いもしなかった。

いざ当事者になった時の、この辛さは想像以上だ……。

というわけで転生して六日後に見回りの主治医に先天的性不能手術をお願いし、来週に手術をする予定なのだ。

男は度胸、手術をする際も思い切ってしてみるもんさ。

「……しばらくは夜、二人でこうしていろいろと語り合ったりしていこう。もし不満とかがあれば遠慮なく言ってほしい」

「分かりました、オーギュスト様……」

「失礼いたします。王太子様、王太子妃様、お目覚めのお時間でございます」

召使い長さんのノックの音で会話は遮断される。

モーニングコールは割と早い。

だってまだ朝の七時三〇分やぞ！！！

もうちょっとだけ二人で寝かせてほしいと思いつつも、俺とアントワネットは起床したのであった。

１０：華麗なる王家の食事

王家の食事というのは凄まじく豪華絢爛だ。

それはルイ１４世の統治から変わっていない。

彼は厳格なルールとスケジュールを緻密に立てることが好きだった。

それに従って俺も行動しているわけなんだが……。

朝起きて服装を整えてからルイ１５世と謁見した矢先に、彼から清々しい笑顔で食事に誘われたんだ。

「オーギュスト、今日は余と共に朝食を取るとしよう」

「は、はい！！！」

思わず二つ返事でＯＫを出してしまった。

普通彼が食事を誘うのは仲のいい大貴族とか大臣とかなんだけど、今日に限って祖父は俺との朝食をお望みらしい。

まぁ、最近あまり話をしていなかったからね。

でもまさか朝食を誘われるとはね……。

本音を言えばアントワネットと一緒に朝食を食べたかった。

とはいえ、国王の誘いでもあるので断るわけにもいかず、俺はそのままホイホイとルイ15世の居室で食事をすることになった。

朝食は宮廷の料理人が真心と丹精込めて作った一級品の料理ばかりだ。

ルイ15世は食通(グルメ)でもあったので料理を作るのに宮廷料理人一五〇〜二〇〇人体制で作っているのだ。

彼にとって料理が愛妾とのベッドでの時間と同じぐらいに大切で好きなものだったようだ。

「国王陛下と王太子殿下のお食事でございます!!!!」

掛け声と共に朝食が国王陛下の居室に運び込まれた。

出された料理も三ツ星レストランで出されるような豪勢なものばかりだ。

肉とかも硬い部分は一切排除して柔らかく、噛み応えのある牛すじの煮込み料理を中心に振る舞われた。

温かいポタージュスープと早朝に採れたばかりの野菜を使ったサラダ。

キンキンに冷えた水をコップに注ぐ係の人もいる。

因みにこの係の人は他に仕事はない。

つまり、コップに水を注ぐためだけに雇われているんだよネ!!!

これだけでも係の使用人には現代日本で例えるなら国家公務員(大抵は期間契約式ではあるがその間は国から少なくない給与を受け取る)扱いになるので本人たちからしてみればそれなりに誇りを

持った仕事をしているのだ。

これだけならまだいいんじゃないかって？

今食事をしている真っ最中なんだけどさ。

国王陛下にワインを注ぐ係、食器を揃える係、テーブルや椅子などを準備する係……。

全員それをするためだけに雇われる使用人たちだ。

つまり各自の役割分担がかなりきめ細かく割り振られているんだ。

その様子を眺めているとうっかりコップを床に落としてしまった。

「あっ、済まない……」

「大丈夫です王太子殿下、私たち配膳係の者がすぐに手配いたします！　少々お待ちください」

「お待たせしました。コップでございます。お水を注いでください」

「はっ、お水でございます……」

だからコップを落としたら水をコップに注ぐ係の人じゃなくて食膳係の人が交換するし、とにかくその仕事をこなすためだけに雇われているんだよね。

だから割と激務だし神経をかなり使っているようだ。

特に食事の場合は朝早く、夜遅いから付きっきりの人たちの交代も頻繁に行われている。

この間も昼食食べていたら配膳係の人が口から泡吹いてぶっ倒れたからなぁ……。

ちょっとこの使用人制度は見直すべきなんだと思う。

偏りがあり過ぎるし、何よりも塵も積もれば山となる。

使用人が多ければ多いほど出費が増えるものだ。

ルイ15世もさすがに使用人多すぎなんじゃね？　と思ったらしく、過去に一度人員整理を兼ねて改革をしようと試みたようだ。

だが、この使用人の多さは近世フランスを一大国家に引き上げたルイ14世からの伝統でもあったので中々改革に踏み切れずにとん挫してしまったようだ。

おまけに彼ら使用人もヴェルサイユ宮殿からほど近い安宿や屋根と壁だけがあるようなバラック小屋のような場所で住んでいるのだ。

そんでもって家賃がクソ高いので給料からドンドン引かれてしまうのだとか……。

使用人問題はヴェルサイユにおいては闇が……深いッ！！

さて、こんな調子で国王になった際にどうしていこうか考えながら朝からガッツリ肉料理を食べたわけだが割と調子は良好だ。

周りから「おかわりはよろしいのですか王太子様？」と聞かれることが多い。

ルイ16世は大食いだったみたいなので、その名残のようだ。

転生前は小食だったので、あまりご飯は多くはいらないんだよね。

王室ということもあってか食べ残した料理は後で使用人たちが美味しくいただいているのでその点は大丈夫そうかな。

なんか食べ残しの料理とか普通に転売されているほどだしね……。

朝食を食べ終えて食休みをしていると、ルイ15世は優しい口調で尋ねてきた。

「オーギュスト、アントワネットとはうまくいったか?」

「関係は良好です。彼女は私のことを信用してくれました。ある程度は緊張も和らいでいると思います」

「そうか、それは何よりだ。女性と最初に付き合う時は誰でも緊張するからな……余もそうじゃった」

「ほぅ……その時の話を詳しく聞かせてもらってもいいですか?」

「いいとも、あれは今から数十年前……ちょうど余が一五の時の出来事だ……」

祖父は思い出したかのようににっこりと笑いながら昔話を絡めて話をしている。

俺とアントワネットとの関係を気にしていたらしい。

上手く関係を結べたことに喜んでいるらしく、ルイ15世は上機嫌だった。

女性との会話のコツはこうだとか、女性と親密になった時はこうすればいいとか、女性とベッドで共にする時に必要なテクニックはアレとか……何処でナニをすればいいとか……。

ほぼ後半が下ネタのオンパレードだった。

TV番組がこの場にあったら間違いなく規制音(ピー)だらけになる内容だ。

ここでその話を披露したら間違いなく謎の力によって検閲対象になってしまう恐れがあるので自重するが、流石最愛王と呼ばれた人だけあってか夜のテクニックに関する話は参考になった。

「ははは、とにかくオーギュストとアントワネットが上手くいくように余も可能な限り相談に乗るぞ? 何かあれば遠慮なく申し出よ」

「ありがとうございます、国王陛下」

「ふふふ、さて……せっかくだからコーヒーでも飲むかの？　オーギュスト、コーヒーはいるかい？」

「ええ、でしたら一杯貰いましょう」

ここで祖父の意外なスキルを目撃した。

祖父がコーヒー豆を砕いてフッーにコーヒーを淹れていたのだ！！！

しかも周りの使用人は国王が自分自身でコーヒーを淹れるのを邪魔せずにジッと見つめている。

コーヒーを淹れるのはどうもルイ15世のささやかな楽しみの一つのようだ。

いやー、転生する前まではルイ15世が料理好きだったとは思ってもみなかった。

というかルイ15世の場合はその度合いと気合いの入り方が凄まじい。

自室に料理用のオーブンを用意しているほど。

滅茶苦茶気合い入れすぎぃ！！！

意外なことにルイ15世は料理を作ったり味わったりすることが大好きだったのだ。

クッキング国王！！！

おまけに手先が器用だったので、フォークの背で半熟卵の先端部分を綺麗に剥がしているんだよね。

クィッ！　ポトッ……。

という感じで、その器用さを駆使して女性との関係もテクニシャンだったようだ。

うーむ、ちょっとだけルイ15世のことを見直しつつもこの後のことを考えながら食後のコーヒーを味わったのであった。

ちなみにコーヒーは絶妙な淹れ加減だったので美味しかった。

１１：人多き宮殿

少し寄り道はしたが、アントワネットが待っている場所まで歩いて向かおう。

それにしてもヴェルサイユ宮殿は広い。

こうして普通に歩いているだけで人が沢山いるんだよね。

んでもって相変わらず宮殿にやってきている人たちが俺を見るなり真っ先に挨拶を交わしてくれる。

「おはようございます！　王太子様！！！」

「ありがとう」

「おはようございます！　王太子様！　それとご結婚おめでとうございます！」

「ありがとう」

今、結婚おめでとうございますって言ってくれた人、普通の一般人だったぞ!!

というのも、ヴェルサイユ宮殿はホームレスと修道女さん以外ならだれでも入れるように一般開放されているのだ。

色んな部屋を見ることができるみたい。

使用人がこの宮殿だけで四千人というちょっとした大企業の従業員ぐらいの人数がいるのだ。

相変わらず人数のリソースの割り振り方滅茶苦茶じゃないだろうか……。

元々ヴェルサイユ宮殿を開放的にしたのは言うまでもなくルイ14世だ。

「朕は国家なり」

という名言よろしく、王政による絶対主義を掲げた彼は宮殿を一般開放してヴェルサイユ宮殿で有名な噴水庭園とかを見せて王の権力を見せつけていたんだ。

要は国家とそれらを統治する偉大な王の庭を見せることで国力や海外の来賓客を持てなすというものだ。

「しかし今日は普段よりも沢山人がいるね……」

「ハッ、王太子様と王太子妃様のご結婚を聞いて喜んでおられるのでしょう」

「それもあるけど……ん？　あれは……」

ヴェルサイユ宮殿を歩いていると、妙な二人組の存在が目に留まった。

それは貴族がよく身に着けているような服を着ている男と、裕福そうな商人の男が貴婦人に声をかけていた。

それだけならごくありふれた光景なのだが、少しだけ貴族の男が周囲を気にしていた様子が気になったのだ。

「何か妙だな……あの男……」

「と、おっしゃいますと？」

「妙に周囲を警戒している……あそこまでキョロキョロしているのはおかしい」

男はしきりに周囲を確認していた。

貴婦人は商人の男と楽しげに会話に夢中だ。

その時、男は貴婦人の目を盗んでバッグの中から鮮やかな手つきで何かを盗んだのだ！

時間にして僅か二秒とかかっていない。

こいつ窃盗犯じゃねーか！

恐ろしく手慣れたやり口、俺でなきゃ見逃しちゃうなぁ。

思わず身体が疼いてしまう。

「この辺りにいる守衛は何処に？」

「はっ、すぐ向こうにいます」

「後ろにいる人か……君はすぐに守衛に報告してくれ……私があの男に声をかけてみよう」

「えっ、ちょ、王太子様！！！」

別にこの場で現行犯逮捕しても構わんのだろう？

相変わらず商人の男の会話におもっきし乗せられた貴婦人は楽しそうに会話をしている。

その間に右ズボンのポケットの中に盗んだ貴婦人の物をしまう男がいる。

俺は男にそっと話しかけた。

「君、ちょっといいかな？」

「えっ、なんですか？」

「見間違えじゃなければいいのだが……君がこのご婦人のカバンから何かを盗んだように見えたので

ね。ズボンの右ポケットの中身を出してもらえないだろうか？」

「……」

やんわりと万引きGメン風な言葉で男に問い詰めた。

直球一番でまさか窃盗の瞬間を目撃されていたとは思わなかったのだろうか。

男は少しだけ左手を震わせている。

黙り込んでいる男は一〇秒ほど沈黙していた。

……が、次の瞬間に男は貴婦人を俺目がけて突き飛ばしてきた！

「邪魔だッ！！！」

「キャアアアァァァァッ！！！」

ゴッ！　という音と主に貴婦人の姿勢が崩れる。

このままじゃ危ないと思った俺は咄嗟に貴婦人を受け止めた。

いきなり女性を突き飛ばすだなんて、危ないだろ卑怯者！！！

ほんと上手く受け止めて良かったよ。

女性はバランスこそ崩れたが、なんとか無事のようだ。

「……大丈夫ですか？」

「は、はい……」

「王太子様!!　ご無事ですか?!」

「俺は大丈夫だ!!　それよりもあの男を追ってくれ!!　守衛!!　守衛!!　あの男を追って!!」

「はっ!!」

貴婦人を受け止める間に、男はそのまま走り去ろうとしている。

すぐに後ろにいた守衛が飛んできて男を取り押さえようとするが、男は素早く逃げ足だけは早いようだ。

靴がスポーツシューズでも履いているのかと疑うレベルで早いな。

短距離走の競技があれば優勝できるかもしれない走りだった。

守衛が全く追いつけていない……。

無理もない。

守衛の着ている服や装備品などを含めれば一〇キロ以上あるんだ。

全力で走っても身軽な男のほうが速いのだろう。

現代なら警備員がトランシーバーなどを持っているから連携できるけど、あの様子じゃあ無理っぽい。

んでもって俺がキャッチした貴婦人も俺が王太子だと知った途端にあたふたしていた。

さっき男に注意したのが王太子だと知ったのだろう。

どう返事を返せばいいのか戸惑っている様子であった。

「も、申し訳ございません……お、王太子様……」

「いや、気にすることはない。近頃はあんな手癖が悪い連中がいるとはね……」

後から聞いた話だけど、一般開放されているゆえにスリなどをはじめとする窃盗団が日常的にヴェルサイユ宮殿に潜り込んでいるらしい。

大抵は貴族や使用人、運搬人などヴェルサイユ宮殿にいてもバレないような格好で堂々と入り、堂々と去っていくようだ。

いい加減警備を厳しくしないといけないな。

それと守衛も自分の決められた仕事以外は積極的に関与しようとしないから困っている。

これは守衛個人ではなく使用人にも言えることだけど、自分たちの決められた仕事以外をすることは他人の仕事を奪うことなのでタブー視されているのだ。

なので規定以外の仕事は全くしないのだ。

そうした問題がこういった形で露呈してしまうのは悲しかった。

「守衛、そちらの御方が無事にヴェルサイユ宮殿を出られるようにエスコートしてください」

「かしこまりました」

「ありがとうございます！　王太子様！」

貴婦人は何度も俺に頭を下げてからヴェルサイユ宮殿を去っていった。

守衛に彼女を無事に送り届けるように命じたけど、今後もこうした窃盗が絶えないようなら王太子権限でヴェルサイユ宮殿への立ち入り制限なんかもするべきだろう。

そんなこんなでアントワネットとの待ち合わせ場所であるアポロンの泉水にやってきたのであった。

12：ヴェルサイユでピクニック

「あら、オーギュスト様！」

「おまたせアントワネット、待ったかい？」

「いいえ、今来たところですの！」

アントワネットは侍女と一緒にアポロンの泉水で待っていたようだ。

恐らくヴェルサイユ宮殿の庭園で有名な場所だろう。

かの有名なシャルル・ルブランという芸術家が設計したこの泉水は既に設計・製作がされてから一世紀になろうとしている。

それでも色褪せずに立派な姿を見せているのは凄いと思う。

んでもってアントワネットはかなり気合いをいれたドレスを身につけていた。

ベージュと白色が重なり合ったようなドレスだ。

純白という意味合いを兼ねているようだが、その姿は美しい。

やはり嫁は可愛いものだ（最重要）。

俺とアントワネットは泉水を中心に、ヴェルサイユ宮殿の庭園を一緒に歩きながら見て回りだした。

侍女や随行員の人たちも俺たちに危害が加えられないように後ろと前から見張ってくれている。

行きかう人々も、俺のことを知っている人から一斉に頭を下げている。

まさに王家のお通りなのだ。

いやー、時代劇でしか見ないような光景だ。

モーゼの如く人がサーッという音と共に道を開けてくれる。

庭園では一般人も多いので、王族に対して彼らなりの敬意を払っているのだろう。

「こうして……緑のある場所を歩くのもいいですわね」

「そうだね、ちょっとした運動にもなるね……あっ、そうだ！　アントワネット、今日のお昼なんだけど……予定とかある？」

「いえ、特には予定はありませんが……」

「良かったらサンドイッチを作ってきたんだ。一緒に食べよう！　あと侍女や随行員の分も持って来ているんだ」

「まぁ!!　本当ですの?!」

ふふふ……。

いやー、愛の行動力って凄まじいよね。

（せっかくだから、アントワネットと一緒にピクニックをしたい！）

そんな思いからさっきルイ１５世の部屋を出た後で、厨房の料理人に頼んでちょっとだけ厨房を使わせてもらっていたのだ。

んで、随行員の一人にサンドイッチの入っている箱とみんなが飲むように郊外の井戸から汲み上げた新鮮な湧水で冷やした紅茶（アイスティーもどき）を入れた水筒を持たせている。

もちろんコップも人数分だ！

無論、料理が得意だったわけじゃない。

俺は自炊こそしていたが大半は加工食品を使っていた身だ。

つまりコンビーフを焼いてそれから溶かしたバターで炙ったり、インスタントラーメンのスパイスを変えてみたりしていたくらいでそこまで凝った料理は作っていなかった。

しかしだ……。

そんな俺でも軽食ぐらいなら料理は作れる！

それがサンドイッチだ。

パンとパンの間に素材を入れ込んで挟めばいいのだ！

別に凝ったものを作る必要は無い！

でもちょっとは凝った感じのも食べてみたい（わがまま）。

簡単で、一口でつまめる食事なら外で食べるにはうってつけだ。

というわけで、厨房で俺が三〇分ほど時間をかけて作って参りましたサンドイッチを食べるために芝生の上に座っても汚れない布を置いて、そこで食事を取ることにした。

「ささっ、座って食べよう。アントワネット、大丈夫かい？」

「ええ、問題ありませんわ。それでオーギュスト様はどんなサンドイッチを作ったのでしょうか？」

「気になるかい？　フフフ、これが俺が作ったサンドイッチさ！！！　随行員！　箱を開けてくれないか？」

「はい、只今すぐに！」

座ってから随行員さんが箱を開けると、そこには俺特製のサンドイッチが並べられている。

まず一つ目はアントワネットと彼女の面倒を見ている侍女さん向けのサンドイッチだ。

春キャベツを優しくほぐし、その上にゆでたまごを刻んでオリーブオイルと胡椒を振りかけたものだ。

さっぱりしていて味付けも中々良い。

各自にコップを行き渡らせてから、一つずつたまごサンドイッチを渡して食べさせてみた。

「まぁ、卵を入れていたのですね！　彩りも綺麗ですわ！」

「ほのかなオリーブオイルの香りがいいですね！」

「食欲をそそりますわ！」

おお、好評だったぞ。

野菜があまりなかった……というよりも、この時代の保存技術や製造技術を考えるとどうあがいても夏から秋にかけて収穫されたものを使うしかない。

それでもそれなりに見栄えがある食べ物になったのでよしとしましょう。

たまごサンドイッチが好評で良かった。

んでもって、次のサンドイッチなんだが……これはちょっと手が込んでいる。

パンの間に油で揚げたカリっとしたベーコンをぶち込み、さらに目玉焼きと溶かしたバターをその上に重ねたものだ。

しっかり油で揚げたベーコンを細かく刻んでから目玉焼きとバターをのせれば女性でも食べやすい。

あとアントワネットのことを調べていると、どうも牛肉類が苦手だったらしいとのことだったので、なるべくベーコンを強調せずにチーズと目玉焼きがメインになるように調整した。

あとちょっとした遊び心で目玉焼きの白身を四角形に整える型取り板を作ってもらったので、それで焼いたのだ。

お陰でパンに合うようにピッタリに挟まっている。

「まぁ！　四角い形をした目玉焼きですのね！　これはパンに合わせて白身を切ったのですか？」

「いや、あえて型取りしてその中で焼いたんだ。そのほうが白身を無駄に使わずに済むからね」

「すごいですな！」

「ベーコンのカリっとした食感とチーズと目玉焼きが口の中で絶妙に絡んできますわ！」

「すごく美味しいですね！　これは王太子様がご考案されたのですか？」

「そうだね、もう本当に簡単なものだけど……アントワネット、美味しい？」

「ええ！！！　とっても美味しいですわ！！！」

アントワネットが笑みを浮かべて特製のサンドイッチを食べてくれている。

いや～本当に最高だな！

アントワネットの笑顔が見られて俺は本当に嬉しい！

作って良かったサンドイッチ！

その日は日が暮れるまでアントワネットや随行員さんや侍女さんと囲んでピクニックを楽しんだ。

多分この日から歴史が大きく変わったんだと後々に思ったのであった。

13：酒場のつまみ

西暦一七七〇年五月三〇日

ヴェルサイユ　酒場「タンタシオン・ソルベ」

ヴェルサイユの下町には多くの使用人や運搬員などヴェルサイユ宮殿に関わる人々が暮らしていた。

当然、彼らは夜になれば街に繰り出して飲みにいくこともしばしばあった。

宮殿での仕事中は気が抜けずに緊張するが、それでもこの場においては、溜め込んでいたストレスを思いっきり吐き出す絶好の場所であった。

普段であれば宮殿内で飛び交っている噂話や、バカな話などをして盛り上がるが、ここ最近はどこの場所でも王太子の話題で持ち切りであった。

酒場タンタシオン・ソルベもその中の一つだ。

日付が変わっても酒場は大勢の人でにぎわっていた。

テーブルを取り囲むように男たちがワインやチーズを口にしながら王太子についての話を真剣に聞いていた。

「聞いたか？　王太子様が泥棒を捕まえようとしたって話！」

「その噂で持ち切りだったけど本当かな？」

「ああ、本当だぞ。だって俺、その現場に居合わせていたからな」

「なんだって?! その時の状況を詳しく教えてくれよ！」

「俺にも聞かせてくれ！」

一人の男は周囲に取り囲まれて、その時の話を詳しく話し始めた。

王太子がヴェルサイユ宮殿内で貴婦人のカバンから金品を盗んだ不届き者を捕まえようとした。

残念ながら王太子は泥棒を捕まえることができなかったが、泥棒に突き飛ばされた貴婦人を咄嗟に守ったという。

偶々現場に居合わせた男がその時の状況を詳しく説明すると、男たちは泥棒を非難し王太子を讃えた。

「王太子様は悪事を行う者を咎めて正直に話すように言ったんだ。すると男は貴婦人を突き飛ばして逃げたんだよ」

「なんて奴だ！　貴婦人を突き飛ばすなど言語道断だ！」

「人間の屑だな」

「でもそんな状況でも王太子様は貴婦人の怪我の安否を気にしていたんだ。ちゃんと貴婦人が無事に帰れるように守衛に出口まで見送るように命じていたよ」

「すごいな王太子様は……貴婦人の安否を心配なさっているとは……」

「人間の鑑だな」

「最近の王太子様は素晴らしいですね、本当にすごい御方だ……」

王太子はここ最近、人が変わったように積極的に周囲の人と話をするようになったのだ。

最初は頭を強打したんじゃないかとか、病に伏せてしまい影武者にすり替わっているとか様々な噂が飛び交ったが、すぐに収まった。

むしろ王太子の積極的姿勢は評価されるようになった。

最初に評価されるようになったのは、そうした噂が飛び交い始めた際の出来事だ。

王太子が普段通り昼食を取っていると配膳係の者が、突然口から泡を噴き出して倒れ込んでしまったのだ。

それを見た王太子は咄嗟に食膳係のところに駆け寄って姿勢を楽にさせて呼吸がしやすいように気道を確保し、意識の有無を調べてから医者が駆けつけるまでの間、食膳係の傍にいたという。

「王太子様は食膳係の者を大声で励ましていたんですよ『大丈夫か？　すぐに医者が来るからしっかりしろ』と何度も何度も声をかけて背中をさすってくれたりしていました」

「本当か?!　それで食膳係の者はどうなったんだ？」

「駆けつけた医者たちによって一命をとりとめましたよ、でも王太子の咄嗟の機転がなければ亡くなっていたかもしれないと仰っていました」

この話題は瞬く間にヴェルサイユ宮殿だけでなく下町にも噂話として流れたのだ。

食膳係であれば周囲が助けるべきであって王家の人間は何もしなくても問題ない。

しかし王太子はそうではなく、下々の者であっても助けようとした行動が宮殿内で働く使用人たちの間で良い話として確実に下町にも広がっていたのだ。

そして、食膳係の者が仕事に差し支えてしまうとして辞職を申し出た際に、王太子はわざわざ食膳係の者に退職金と一緒に薬まで渡したのだという。

そして症状が改善されたのなら、また戻ってきてくださいとまで声をかけたのだ。

その噂が倒れた元食膳係の者から聞いて事実であると知った使用人たちは、王太子の人柄の良さに感動していたのだ。

「王太子様は替えの利く我々のような者を大事にしてくださる。王太子様が国王になればもっとこの国は良くなるはずだ」

「全くだ、近頃のきぞ……いや、少々鼻の高い方々は我々のことを軽蔑すらしているが、王太子様に限っては別だな！　声をかければ挨拶を返してくれるし、何よりも人々の安泰を望んでおられる」

「王太子様こそ我々の希望の星だ！」

「では、皆で乾杯するか！　王太子様に乾杯！」

「「「王太子様に乾杯！！！」」」

普段は酒を飲めば本音がこぼれて対立しているグループであっても王太子に関する話をすれば自然と仲良くなる。

そこで話がヒートアップした際には王太子の話題をしようという暗黙のルールが誕生したのだ。

そうすれば怒鳴らずに済むし、何よりも開明的な王太子を讃えれば自然とストレスも和らぐのだから。

使用人たちの間で王太子の株が急上昇しているのと同時に、その話を聞きつけた庶民の間で、王太子は聡明で紳士的な人物であるという認識がドンドン広がっていくのであった。

14：蠢く陰謀

一方その頃、ヴェルサイユ宮殿では少しばかり不穏な空気が漂っていた。

その空気が漂っていた場所はヴェルサイユ宮殿にある一室にあった。

蝋燭が灯されている部屋には十数人の影があった。

二人の女性が中心となって仲の良い女性たちを集めて不満をぶちまけていた。

その中心役の女性というのがルイ15世の娘であるアデライード、ヴィクトワール、ソフィーであった。

「全く……お父様は相変わらずデュ・バリー夫人にべったりだし、オーギュストもアントワネット妃とくっつき過ぎよ!!　完全に骨を抜かれているわ！」

「あの甥はアントワネットにたぶらかされているに違いありませんわ！」

「ええ！」

「まさに！」

取り巻きの女性たちが同調している。

アデライードには想定外の出来事が起きてしまった。

それはアントワネットとの対デュ・バリー夫人との共同戦線構築ができていないことであった。

史実においてはアントワネットがデュ・バリー夫人が娼婦の如く大勢の男性と性的関係があったことを嫌悪していたのをここぞとばかりに利用し、アデライードはアントワネットをヴェルサイユ宮殿におけるデュ・バリー夫人との派閥抗争に加えたのだ。

本来であれば今日あたりにアントワネットに声をかけて自分たちの陣営の先鋒に立ってもらうために迎え入れるつもりであった。

しかし、オーギュスト王太子が介入したことによりこの目論見は外れてしまうことになる。

オーギュストはアントワネット妃を誘ってヴェルサイユ宮殿の庭園に連れていき、一緒にピクニックを行ったのだ。

そしてオーギュスト自身が作った特製サンドイッチを食べたり、周囲の人々と仲睦まじい様子を見せていたので声をかけるタイミングを逃したのだ。

そのことに腹を立てているアデライードはオーギュストの作ったサンドイッチをことごとく貶していた。

「オーギュストはアントワネットや侍女のために食事まで用意したそうよ！　それも全く聞いたこともないような田舎料理みたいな貧相な料理だったのよ！」

「まぁ！　王太子ともあろう御方がそんな粗末な物をお作りになっていたのですか？」

「ええ、厨房にいる私たちに味方してくれている料理人からの情報ですわ。アントワネット妃にはゆで卵を潰してキャベツを包んだようなパンを甥はベーコンを細かく刻んであげたのをのせたものを出したそうよ！」

料理に関しては実物を食べてみなければ分からないだろう。

しかし、何よりも気に食わないのがオーギュストとアントワネットが仲睦まじい姿で中庭で昼食を取っていたことであった。

自分たちはデュ・バリー夫人といがみ合い、その横で結婚したばかりのオーギュストとアントワネットが幸せそうに過ごしているのだ。

特にアデライードは婚期を逃してしまっているので、二人の光景を遠目で見ていた彼女にとってまさに精神面で突き刺さる一撃となっていた。

こうした女の中で蠢く嫉妬と欲望が合致してしまうと、それはそれは恐ろしい劇薬と化していく。

数か月前まではオーギュストは内気で無口な少年だった。

それは叔母である彼女たちも十分に知っていた。

他人の指示に従い、それでいて素直で大人しい子であった。

それが今ではどうか？

随行員やアントワネットの侍女とよく話をしたり、周囲に挨拶を欠かさない外向的で明るい性格に変わったのだ。

アントワネットとの結婚一か月前に宮殿内の廊下で突発的に倒れて以来、オーギュストの性格が一八〇度変わってしまったのだ。

アデライードは、オーギュストがアントワネットに現を抜かしていると思っていた。

「やっぱりあの女と結婚できたから現を抜かしているにちがいありませんわ！　そう思いますよねア

デライード姉様」

「やはりオーギュストはアントワネットにそそのかされているのですわ！　彼女はデュ・バリー夫人と共闘しようとしているのかもしれませんわ!!」

「そうなれば私たちは不利になりますわ！！！」

「なら、脅威の芽は早めに摘むべきですわ！」

デュ・バリー夫人よりも新興勢力としてアントワネットが台頭したら、宮殿内における派閥は三つに分裂されるだろう。

デュ・バリー夫人派・アデライードら共闘戦線派が宮殿内では対立していた。

そこにアントワネットがデュ・バリー夫人に合流したり新たな派閥を構成してしまうと宮殿内の政治バランスは大きく崩れるだろう。

「ですが、まだアントワネット妃がこちらに合流しないとは限りませんわ。彼女が王太子妃になったとはいえ、まだまだ様子を見るべきではないでしょうか？」

周囲の女性たちがヒートアップしている最中、一人の女性が手を挙げて持論を述べた。

その女性は若いながらも凛々しく、はきはきした口調で述べた。

どちらかと言えばアントワネットを擁護しているようにも聞きとれる発言だったが、彼女はアントワネットを排除しようと主張しているアデライードとヴィクトワールに自制を促した。

「あら、その理由は何故？」

「まだ彼女は一四歳です。年齢でいえばこちらが上、いろいろとこちらにおける礼儀作法を教え込ませてからゆっくりと招き入れるのです。そうすればデュ・バリー夫人に付かず、親切に対応すれば彼女はきっとこちらにやってきますわ」

「……そうね、王太子妃様にはこちら側の礼儀をじっくりと時間をかけて教えましょう！」

「ええ、それがいいですわ！」

「では、礼儀を教えてあげましょう！！！　オホホホホホ！！！」

アデライードが笑い、周囲も釣られて笑いだす。

運命とは可逆的に巡ってくるものなのかもしれない。

そしてそれはルイ・オーギュストにとって最初の試練として降りかかるのであった。

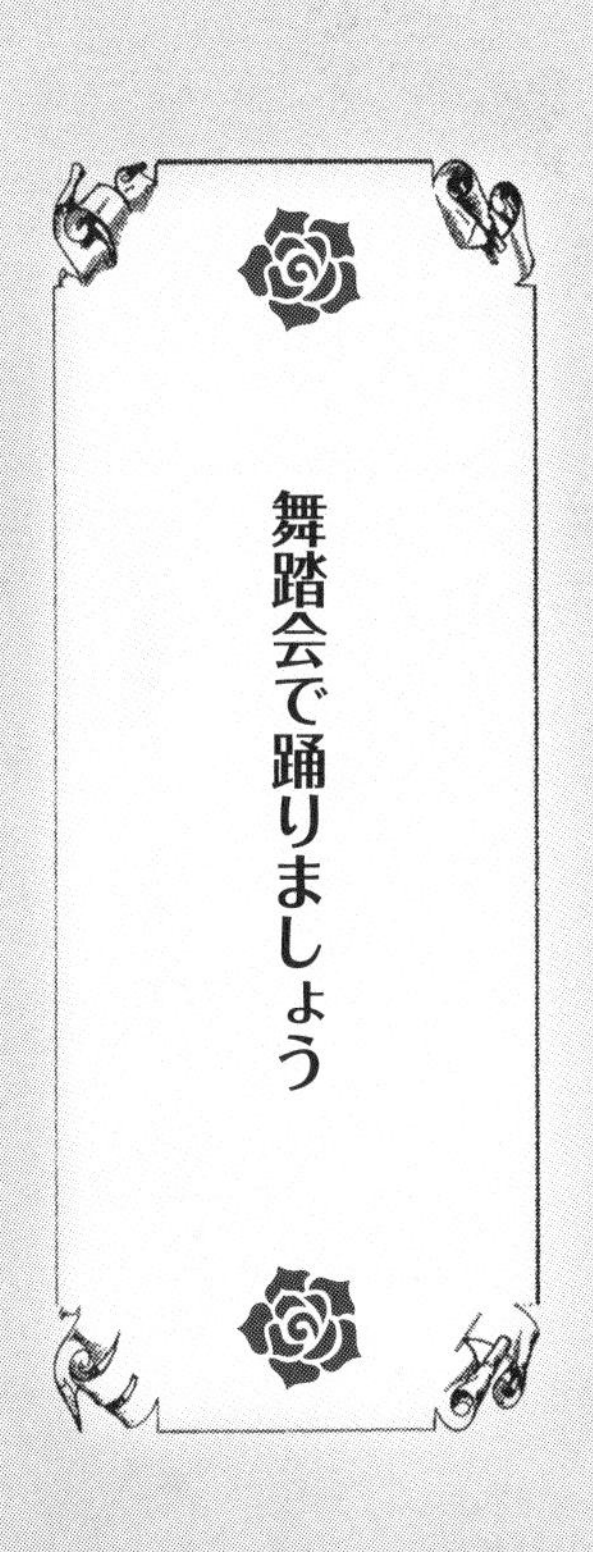

舞踏会で踊りましょう

１５：朝早起きしてもテレビがないので改革案でも作るか

西暦一七七〇年六月九日

おはよう諸君！！！

早速だけど今は朝の六時だ！

こんな朝早くに何してんだ？

まだ周囲は薄暗くてそこまでヴェルサイユ宮殿内も忙しくない静かな時間帯だ。

こんな時間だけど俺は早速起きて作業をしている真っ最中だ。

昨日は、俺とアントワネットは勉強に励んでいたのだ。

というか、ここ最近は二人とも勉強に勤しんでいる。

勉強を終えると疲れで俺たちはそのままベッドにダイブして眠ってしまう。

アントワネット曰く、子供の頃から教科書とか勉強をするのが大の苦手だったらしい。

どうしても集中力が続かずに文字を書けなくなったりしてしまうのだとか……。

ぶっちゃけ、勉強はあまり学んでいない状態でフランスに来てしまったようだ。

なので幼年期は彼女の専属教師たちはいかにしてアントワネットが勉強に励んでくれるのか大いに

悩んでいたらしい。

先生方の寿命を縮めていなければいいんだけどね。

でもここにやってきて彼女は変わってきている。

無論、良い方向に変わってきている。

俺が夜付きっきりで勉強を教えるようになってからだいぶいろいろなことを学ぶようになってきた。

一緒に勉強をしていると彼女は少々多動な面もあり、時々集中力が切れてしまうのも事実だ。

それでもアントワネットは「オーギュスト様のためならば勉強も頑張りますわ！」と休息をちょっとだけ取れば再び一生懸命に勉強に励んでいた。

俺もなるべく彼女の邪魔をしないように問題が分からなければアドバイスを行い、疲れていて休憩している際にはジョークを言ったり、明るい話題で場を和ませている。

また、彼女自身の考え方がある場合には彼女の考え方や意見……さらに日常生活で支障があることなどを言ってもらい、ストレスケアに取り組んでいるんだ。

身体だけじゃなくて精神面でもアントワネットの体調を整えていくことに取り組んでいる。

嫁さんの悩みや相談をしっかり受け止めるのは夫の責務だ。

アントワネットは可愛いんだから！！！

俺がしっかりやらねばならぬ！！！

これもアントワネットと幸せに暮らすためだ!!

内政ゲームでも閣僚などをスキルアップできるシステムが搭載されているゲームがあるじゃん？

最初はステータスが低くても育成していくうちに強くなるやつ。

今のアントワネットは俺と一緒にステータスを絶賛強化中なのだ。

多分ここ最近は少しずつステータスが上がってきているんじゃないかな？

誰しも最初は分からないことだらけだ、分からないことは恥ではない。

分からないことがあればゆっくりと時間をかけてまずは補助をして解かせてみる。

次に自分で問題を解いていくようにすれば、勉強というのは八割ぐらいは上手くいく。

どうしても解けない問題があれば飛ばして次に進ませる。

そんな感じで一緒に勉強していくとアントワネットは羽ペンを走らせて勉強に励んでくれている。

さらにアントワネットと一緒に勉強をして、休息時間になれば簡単な軽食を食べながら勉強をしているのだ。

ちょっとだけ太りやすい生活になっているが、なるべく夜食に関してはカロリーの高いものは避けてビスケットとアントワネットの大好きなホットミルクを飲んで勉強しているんだ。

ウェヒヒヒ……俺はなんて極悪な夫なんだろうか……。

大学生時代に家庭教師のアルバイトをしていたこともあったので、こうした勉強を教える側には少しだけど心得があった。

その経験が役に立ったのだ。

いやー人生何が幸いになるか分からんねコレ。

そんでもって最近召使い長が「ここ最近は遅くまでロウソクが灯されていますが、一体お部屋で何をなさっていらっしゃるのですか？」と言うんだ。

なので俺はこう答えたんだ。

「二人で将来のために熱い想いを語り合っているのさ。互いを知るうえでは必要なことだよ」

ちゃんとフランスとアントワネットの将来のために勉強に励んでいるんだ。

帝王学とか経済学とか……将来俺が国王に、アントワネットが王妃になるうえで必要になる知識を本などを使って学んでいるのだ。

決して祖父のように毎晩ベッドで女性たちと淫らな夜戦を繰り広げているわけじゃない。

なんか夜戦が激しすぎて部屋からやらしい声が駄々洩れしているということを聞いたことがある。

部屋の前で警備をしている守衛さんにとって女性の喘ぎ声を聞きながら持ち場を守るとか……ちょっと辛いと思うの……主に下半身が……。

なぜか周囲では俺が毎晩アントワネットと夜戦を繰り広げているという噂がチラホラとしているが、そんなものは気にせずに勉強は毎日続けていますよ。

はい。

さて、勉強の話は一旦置いておく。

俺は召使い長からのモーニングコールの時間までにちょいとばかり早起きして机に座って筆を走らせていた。

筆を走らせながら書いていたのは『ヴェルサイユ宮殿における使用人の処遇ならび宮殿内警備の改

善案』であった。

先日先天的性不能の治療をする一時間前に書き上げた『使用人・守衛に関する業務量の是正案』は俺が改善すべき点を絞って纏めたものだ。

是正案には宮殿に対して使用人の数が多すぎるので使用人の人数を減らし、その分仕事が増えるので仕事分に見合う給料を支給する。

また守衛の臨機応変さを高めるために訓練を行うことを盛り込んだものであった。

ちゃんと仕事はしていますよ～。

一応この是正案は先月二五日にルイ15世に見せたのだが、生憎却下されてしまった。

というのも、彼自身が使用人の改革案に失敗したことで責任を負いたくないらしい。

それと俺に対して娘たち……いや、俺から見たら叔母か……アデライードたちが文句を言ってきているのでそれに対する愚痴を聞かされた。

なんか叔母たちの中でもまとめ役のアデライードに関しては「雑巾」とか「アレ」扱いしていたので娘への愛情は薄れてしまっているように感じた。

流石に「雑巾」扱いは酷いと思った。

「すまぬなオーギュスト、確かにこの是正案は的を射ている。しかしな……大きな声では言えぬが使用人たちのテリトリーを無造作に口出しできぬのだよ……いずれお前が王になれば分かる」

「申し訳ございません。しかし、先日の事件で守衛が事件の現場を見ていたにもかかわらず、私が命じるまで立ったままボーっとしていたのはよろしくないかと……あれではただの案山子(かかし)ですな」

「確かにな、守衛も困ったものよ……困ったといえば、どうもあの雑巾はお前とアントワネット妃がくっついているのが気に食わないと言っていたぞ。あまりにもしつこいから一喝したのだがな……何かあったらすぐに余に報告するのだぞ」

「ええ、叔母上は少々気が立つ時期なのでしょう。では是正案はこちらで実行に移しやすいものに改善し、後日改めてお渡しいたします」

「分かった。余が実行できそうならオーギュストの意見を踏まえたうえで側近たちと協議しよう」

多分『ヴェルサイユ宮殿における使用人の処遇ならびに環境改善のための改善案』は実行に移されないだろう。

それでもこの案を提示することに意味があるのだ。

将来国王になった時に、この案を既に王太子時代から国王と相談していたと周囲が知れば私を支持する人が増えるだろう。

たぶん。

なので、召使い長からのモーニングコールが来るまでの間、後ろにあるベッドで安らかな顔で眠っているアントワネットの顔を見て元気をもらいながら書いているのであった。

16：えっ、今日舞踏会やるんですか?!

召使い長のモーニングコールと共にアントワネットが起床する。

少しだけ服が乱れているのは彼女がよく寝がえりをするからだ。

この間はアントワネットの肘の部分が俺の顔面に直撃して悲鳴をあげてしまった。

わりと寝相が凄いことになっているが、こればかりは致し方ないだろう。

悪気があってやったわけじゃない。

なのでいつも笑って許しているよ。

愛しい寝起きの顔でアントワネットはおはようの挨拶を俺に言ってくれる。

「おはようございますオーギュスト様、今日はお早いのですね」

「おはようアントワネット、うん、ちょっとばかり国王陛下に渡したい案件があるからね」

「あまり無理をなさってはいけませんよ。この間は手術を受けたばかりですし……」

俺の体調と手術の件を心配してくれているらしい。

先天的性不能の手術は結論から言えばうまくいった。

王室の主治医たちだけあって手術は一時間とかかっていない。

ただ、やはりメスを使って意識がある状態で皮を切っただけに割と痛かった。

デリケートなところを切るのだから滅茶苦茶痛い。

この痛みを例えるなら……。

足の裏に一斉に画鋲を刺されるか、野球の硬式ボールを思いっきり投げつけられるぐらいの痛みだ。

これでも感覚を麻痺させるためにアルコールで酔った状態で行ってコレである。

俺の指示でちゃんと沸騰させた水で熱処理したハサミやタオルを使い、手などはきちんと石鹸で洗った状態で手術をしていたので、術後のばい菌とかの心配はほぼないだろう。ないと信じたい。

その日だけは立ちながら尿を出せず、便器で座った状態で行うほどだった。

(麻酔なしで先天的性不能の手術するの舐めてたわ……アルコールで酔っても術後の痛みは……いやーきついっす……)

二～三日はあまり外出できないぐらいにはきつかったが、それでも日に日に回復したので今では痛みも大分治まっており、術後の感染症などの心配はないだろう。

今はもう立派な状態になっているので問題ないが、それでも術後は一か月程度性行為などは控えるように主治医からお達しされているのだ。

というかそんなことできないけどナ！！！

「心配してくれてありがとう、アントワネット……」

「ええ、オーギュスト様が一生懸命に頑張っている姿は立派ですわ。でもたまには羽目を外すことも大事ですよ」

「羽目を外すか……そういえばアントワネット、今日は五月三〇日だっけ？」

「ええ、今日は五月三〇日ですわ……ちょうど今夜は宮殿で舞踏会と花火大会が行われる日です！是非ともオーギュスト様も舞踏会に行きましょう！」

「あ、ああ……そうだね、舞踏会楽しもうか！」

「はい！」

そうか……今日は舞踏会の日だったか。

アントワネットは踊ったりすること好きだもんね。

国王陛下もデュ・バリー夫人と舞踏会に出席することを楽しんでいるのだろう。

でもなぁ……。

これ絶対にどうあがいてもアデライードら叔母たちとかち合いますねぇ！！！

アントワネットが叔母たちの陣営に入っちゃうとデュ・バリー夫人と絶対的に対立する未来が確定しちゃうからなるべく会わせないようにスケジュール調整していたけど、調整は駄目みたいですね。

だって史実じゃ叔母たちが必要以上にデュ・バリー夫人の悪い噂をアントワネットに吹き込んだ結果、宮殿内でのギスギス感を生んでしまったしね。

もう叔母たちは歳も三〇代後半なのに未婚だからなぁ……。

この時代、三〇代後半になっても結婚できずにいる女性の扱いはよろしくなかった。

当時の結婚年齢が一〇代後半から二〇代前半だったことを考えると、三〇代でも未婚なのは恥ずべき時代でもあったのだ。

もし現代でそんな評価の仕方をしたら八つ裂きに遭うだろう。

というか国王陛下自身がアデライードのこと「雑巾」扱いしている時点で、ほとんど価値のない扱い方だもんな。

結婚時期逃しちゃったことと、俺がアデライード派への介入妨害工作していることも相まってイラついているに違いない。

「今日の舞踏会だけど叔母たちや……デュ・バリー夫人が出席すると思うけど、挨拶はきちんとやろうね」

「分かっておりますオーギュスト様。ですが、私はどうもデュ・バリー夫人のことが苦手でして……」

「うん、気持ちは分かるよ。私も正直な話……デュ・バリー夫人は好きじゃないよ。アントワネットの言いたいことは分かる」

「すみません……そういえばいつもオーギュスト様はデュ・バリー夫人と会った際にはどのように接しておりますか？」

「そうだね……なるべく普段と変わらずに『デュ・バリー夫人、ご機嫌麗しゅうございます』って言っているよ。あと舞踏会の時はその後に『今宵は舞踏会を楽しんでください』……だけでもいいと思うよ？　この一言だけ言っておけばデュ・バリー夫人や叔母たちもそこまで怒らないでしょ」

「分かりました……」

「さぁ、試しに言ってごらん？」

「デュ・バリー夫人、ご機嫌麗しゅう……」

「そうそう、そんな感じで言えば問題ないよ！」

俺はアントワネットにデュ・バリー夫人のことを所々かいつまんで説明をした。

最初はデュ・バリー夫人のことを娼婦扱いしていたほど毛嫌いしていたが、彼女が元々は貧民出身で幼年期に母が駆け落ちして、愛情を受けて育たないまま親戚の家で貧しい生活を余儀なくされていたことを教えると、アントワネットは悲しそうな表情で聞いていた。

アントワネットは大のお母さん子だ。

母親に見捨てられ、愛情というものを男性との性的接触によって理解したデュ・バリー夫人の心境を考えたのだろう。

母親から愛を受けずに飢えていたと考えると、アントワネットはその部分に同情というか憐みを感じたようだ。

ほんの少しだけだが、アントワネットはデュ・バリー夫人への考え方を改めて、寂しい思いを男性との行為によって確認しているデュ・バリー夫人のことを哀れんでいるのだろう。

そのかいあってか、デュ・バリー夫人へのアレルギーも軽減されたと思う。

あとは叔母たちだなぁ……。

なるべく、アントワネットとはくっ付けないようにしていたんだが、どうしても今夜ばかりはアデライードら叔母たちとかち合ってしまうだろう。

舞踏会は上流階級者とのコミュニケーションを行う場所としても重要視されてきたものだ。

現代だったらインターネットとPC、スマホがあればそれだけでOKだけど、ここではそうはいかないのだ。

俺がアントワネットをどこまでフォローできるかは分からないが、事件や事故が起きないようにしておく必要がある。

アントワネットを守るためなら俺は悪魔にでもなってやる。

そうした決意を胸の内に秘めておき、国王陛下に提出する書類の準備を進めるのであった。

17：王太子の仕事

舞踏会が始まるまでに仕事を済ませておこう。

仕事がないように見えるが、こう見えても仕事がおつまみセットの如くてんこ盛りなのだ。

まず最初に服を着替えて向かったのは国王陛下のところだ。

ちょうど自室で食事を済ませた後で、今日の午前中は既に面会者と会っているので今の時間帯はスケージュール的に空いているはずだ。

見張りの守衛の敬礼に対して答礼してから王の居室に足を踏み入れた。

「失礼します、国王陛下……早速ですが先日の『ヴェルサイユ宮殿における使用人・守衛に関する業務量の是正案』についての書類を……」

「……ぅ」

国王陛下は机に座ったまま俯いていた。

何か考え事でもしているのだろうか？

ペンを握ったままだ。

恐る恐る近づいて国王陛下の傍でもう一度呟く。

「あの、国王陛下……？」

「……」

「……」

「……ぐごぉぉぉぉ……」

はい、寝てました。

国王陛下、ご就寝です（本日二回目）。

一回目はデュ・バリー夫人との夜戦が終了した深夜二時過ぎだそうだ。

それまでは何度も夜戦を繰り返して行っていたという。

（寝ているんかい！　まだ午前一〇時だぞ！　昼寝にしては早スギィ！）

幸せそうに昼寝をしていた国王陛下。

こうしてみると国王の公務ってわりと疲れるのかもしれないと感じた。

朝早く、夜はデュ・バリー夫人など愛妾や愛人たちと遅くまで夜戦を繰り広げているのですもの。

さぞかし激しかったに違いない。

全く……。

幸せなお人ですな。

というか公務中に昼寝が許されるってすごいよね。

現代日本で平社員が仕事中に居眠りしていたら確実に呼び出しされて怒られるレベルよ。

でもご安心を！　国王陛下ならそれが許されます！

……んなわけねーだろ！

そんな現在絶賛爆睡中の国王陛下の机の上に『ヴェルサイユ宮殿における使用人の処遇ならび宮殿内警備の改善案』をドーンと置きましょ。

ええ、ドーンと。

机の上に書類を置く音で起きたみたいだけど、こちとら忙しいんじゃい!!

ようやく起きた国王陛下に頭を下げてから改善案の報告書を提出した。

「先日の是正案を実行に移しやすいように改善した案をまとめた書類でございます。お目を通してもらえると幸いです」

「うむ、ご苦労であった。オーギュスト、お主は今日の舞踏会に参加するのかの？」

「無論です。今日はアントワネットと一緒に踊りたい気分ですからね。国王陛下もご夫人(デュ・バリー)をお連れになるご予定ですか？」

「ああ、また五月蠅い雑巾(アデライード)も取り巻きと一緒に来るからの、あれが喧嘩しないように見張らないとな」

「ですな、パリでも結婚を祝して花火大会が行われるようです。ちょうどヴェルサイユ宮殿の中庭からでも見れるかと」

「そうか、それでは花火大会の時間になったら中庭に出るのもいいかもしれんのう」

「では私はこれで、また舞踏会の時にお会いしましょう」

再び頭を下げて居室を出ると、次に向かったのは書籍の間だ。

「うへぇ……相変わらず奥の書棚は埃が被っているな……うわぁ、この羊皮紙ネズミに食われているじゃないか……」

ここにはフランスの国庫状況や国の重要書類が幾つかの資料と共に眠っている場所だ。

埃を被っているルイ14世時代の歳出状況のデータなどが保管されていた。

宮殿の中でもあまり人気がない場所といったらここだ。

ここでしていることは、フランス王国の経済状況などを見ながら今後の経済予測を立ててどう生かすかであった。

「ふむ……ふむ、ふむふむ……！」

ふふふ、読める……読めるぞぉ！

手に取るようにフランスの経済状況が記されている年表も添えられているのは有難い。

過去の統計を見れると、その分どのように経済水域が動いているのか分かるからね。

一世紀近くのデータを閲覧後、資料を一旦閉じてから俺はこう言った。

「このままじゃギリシャみたいに債務不履行になるな！！！」

資料などを見て確信した。

舞踏会やっている場合じゃないぐらいにフランスの経済状況がヤバイ。

本当にヤバイ。

このままの状態で見通しを立てるなら……フランスの史実ルートまっしぐらになっちまう。

そのぐらいに金融機関が金を貸さないぐらいには財政ヤバイです、ハイ。

だって国王陛下が英国との戦争に負けてアメリカ・インドなどの将来持っていれば莫大な資産に

なった土地を賠償として手放しているし、おまけにそれに続くように州でも三部会で絶大な権力を持っていた大貴族たちが贅沢三昧な暮らしをしていたからね。

そりゃ戦争終結直後よりは国内の経済状況は多少は良くなっているけど、どうしても財政再建のために改革が必要だろう。

「仮に改革が成功したとしても……一三年後のタイムリミットまでに間に合うかな？」

タイムリミット……。

もし史実通りならあと一三年後に発生するであろうアイスランドのラキ火山と日本の浅間山の大噴火のことだ。

これらの火山の噴火によって北半球を中心に日射量が減ってヨーロッパやアジア地域でも大凶作が起こったんだ。

それも一年だけでなく数年以上に亘って穀物の凶作が続き、フランス革命の原因の一つにもなったと言われている。

日本では天明の大飢饉と呼ばれているほどに凄惨な状況であり、東北地方にある記録では飢えのあまり死んだ人間の人肉すら食されたと記されているほどだ。

人口が噴火前に戻るまでに一〇年を要した。

歴史ゲームだと各国で革命や反乱の発生率が跳ね上がる嫌なイベントだ。

「ある程度改革が成功したら寒冷に強い穀類の品種改良を進めるようにしておかないと、それと産業化を急いで進めておく必要があるな……」

これも将来のため。

フランスのため。

そして何よりもアントワネットと幸せに天寿を全うするために行えることをやるだけだ。

全身全霊で取り組む。

そのために俺は転生したのかもしれない。

周囲の雑音をシャットアウトして、随行員に誰も入らないように命じて黙々と励んでいる。

真面目に資料に目を通し改革案を頭の中で浮かべながら昼食も取らずに書き続けて早六時間。

懐中時計の時刻は午後三時五六分を回っていた。

そろそろ時間だ。

書籍の間で籠った後、俺は午後四時丁度に書籍の間を出た。

あと一時間で舞踏会が鏡の間で行われる。

いやー時間の進み具合が早いっすね。

服も動きやすい服装にしたほうがいいな。

なんたってアントワネットと社交ダンスするんだぜ?

恥ずかしい格好だけは御免だ。

彼女だって気合入れたドレスを身に纏う予定みたいだし。

どんなドレスを着るのか尋ねると彼女は笑顔で俺にこう言ったんだ。

「ふふふ、それは舞踏会まで秘密です！」

えへへ。

やはりアントワネットは可愛いなぁ！

もうどうしようもないぐらいに可愛いと思っている。

満面の笑顔で秘密です！　って言われたらキュンとくるでしょ！　キュンと！

心臓ぶち抜かれた気分だ。

あぶねぇ、カツラがなければ（萌え的な意味で）即死だったぜ。

服を舞踏会で着ても問題ないような、威厳があって社交ダンスがしやすい赤系の色の服装に着替えて鏡の間に向かう。


鏡の間には既に大勢の人が舞踏会に訪れていた。

貴族や大商人などとワインやシャンペンを飲みながら語っていると、人々がざわつき始めた。

そのざわついている先に彼女はいた。

ロココ調にふっくらとスカートを強調する白色の美しさと凛々しさを兼ね備えた華やかなドレスを身に纏った俺の妻、美しく輝いているアントワネットの姿があった。

18：機関

「おぉ……」

「美しい……」

「アントワネット様だ！！」

「綺麗ですわね……」

「まるで宝石みたい……」

美しい華やかなドレス。

白色がより一層輝いて見える。

侍女さん方が丁寧に整えてくれたんだろうなぁ……。

アントワネットも晴れの舞踏会に参加できてメッチャ嬉しいようだ。

表情が生き生きとしておりますもの。

例えるならお目当ての新作ゲームを発売日当日にゲームショップで一番乗りで購入できたような
……そんな感じに嬉しそうだった。

周りにいる女性陣も華やかなドレスを身に纏っているが、アントワネットの輝きには敵わない。

なんたって王太子妃ですもの。

すっごいオーラみたいなのが出ているような気がする。

勿論、負のオーラじゃなくて活気・情熱・温もりが籠ったような感じの空気がアントワネットの周
囲から漂っている感じ。

鏡の間に現れたアントワネットは真っ先に俺を見つけると、一直線に向かってきた。

「オーギュスト様!!　こちらにいらしていたのですね！」

「おお、アントワネット！！！　ついさっき来たところさ」

「本当ですか！　今日の服装は赤色が美しく感じますわ！」

「そっちもドレスがすごく似合っているね！！！　これは特注品かい？」

「はい！　パリの職人さん方が私のために作ってくれたそうですの！　どうですか？　似合いますか？」

「すっごく似合っているね～！　なんかこう……生き生きとしているから見ているこっちも楽しくなってくる感じだよ！」

「まぁ！　嬉しいわ！！！」

アントワネットは極めて上機嫌だ。

自分に見合ったドレスを着られて嬉しいのだろう。

勿論舞踏会ということも踏まえて周囲にいる人たちとの会話も欠かせない。

周囲にいる貴族一人一人にアントワネットや俺が挨拶していき、割と当たり障りのない世間話などをしている。

こうした舞踏会では暗黙のルールがあり、目上の人（地位が高い人）には絶対に自分から話しかけてはいけないそうだ。

というのも、目上の人が俺が話をしてやろうとしている時に、目下の人から話しかけられるとそれだけで面子（メンツ）が潰されてしまうのだという。

まぁ、これは現代社会でもよくあることだな。

特に上流階級のお坊ちゃま方とかは無礼講な振る舞いをしていても、下っ端の奴らはだんまりと注意せずにそのままにしているとかね。

余程のことでない限りは言わないものだ。

そんなこんなで話をしていると、一人の初老の男性が近付いてきたのが見えた。

紳士な雰囲気を醸し出しているお陰で見分けやすい。

彼は俺からの重要な使命を請け負っている人物だ。

ちょうど壁の所に立っていたので、俺は待ち人に話しかけることにした。

「……アントワネット、ほんの少しだけあの人と話をしてくるね」

「分かりました！」

この紳士の男性がやって来たということはだ……。

転生して間もなく、俺がこの宮殿内や国内への革命対策としてコンタクトを取った重要人物。

彼は表向きは大商人ではあるが、その実態はスパイ活動のような仕事を任せているのだ。

「……で、大商人がここに来たということは上手くいっているんだね？」

「はい、王太子様。現在までに〝T機関〟への参加を表明した同胞の者は二〇〇名を超えております。法が施行しだい直ちに取りかかれるかと」

「ありがとう、大商人がいなければこうしてスムーズにことが運べないからね」

「いえいえ、こちらこそ……これほどまでに華やかな舞踏会に参加できることに感謝しております」

舞踏会では様々な人たちとの交流を深めるものだ。

俺と話をしているのは〝大商人〟である。

大商人の名前は大きな声では明かせないが、舞踏会に参加できるだけの資金力と財政界では非公式ながらコネクションがあるとだけ言っておこう。

大商人たちの情報網（ネットワーク）は大いに役立つものだ。

現在財源確保に翻弄しているフランス王国にとっても、大商人たちの活躍が急務。

〝T機関〟は俺が国王になった時に真っ先に発足する。

表向きは国土管理局という名目で設立する予定だが、その実態としてはフランス王国国内での諜報・破壊工作・外交工作・内偵・革命主義者の逮捕などを担う情報収集と治安維持を兼ねた準軍事機関というわけ。

本来であればルイ15世がやるべき仕事だけど、生憎とあの人は国内における政治・経済状況を良くしようとはせずに事なかれ主義なので、俺が今現在やれる限りのことを尽くしている。

国王になった時に政治的基盤が脆弱だったこともあり、ルイ16世は議会や貴族などの反対意見に振り回されることが多かった。

なので懇意にしている大商人とその同胞たちに協力を呼びかけているのだ。

大商人の名を公に明かせないのは彼がヨーロッパ各地で迫害を受けている民族の血筋であるからだ。

ここで名を出してしまえばたちまち取り囲まれてリンチにされてしまうかもしれない。

なので彼とは職業の名前で語りあっている。

来るべき時になったら、彼も名前を堂々と出して大手を振って歩けるだろう。

「下町の景気はどうだい？」

「少なくともパリでは購買傾向が高めですな、王太子様と王太子妃様のご成婚の報を聞いて庶民たちも喜んでおります」

「今は景気がいいからね。誰だって楽しく過ごしたい時間もあるものさ」

「ええ、その通りです」

「ところで……例の件はどうなっている？」

「水面下ではありますが動き出しています。王太子様の支援がなければ実現しませんでした」

「いいってことよ。私費でやっているようなものだからね。成果の報告書はいつ頃できそう？」

「遅くても八月中旬までには結果が出るかと……」

「分かった、例え成功していなくても報告書だけはきちんと提出するように。……ではいつもの随行員に成果報告の知らせを頼む……」

「かしこまりました」

大商人はペコリとお辞儀をして舞踏会に溶け込むように消えていった。

こうした舞踏会でのちょっとしたミステリーも捨てがたいよね。

華やかだけではなく、宮廷の勢力……取り巻き、その他諸々が渦を巻いているのだ。

いわば社会の縮図のようだ。

んでもって大商人との話し合いを終えて、アントワネットのところにカムバックしてきたぜぇい！

「先ほどの御方はどちら様ですの？」

「ああ、さっき話していたのは商談相手さ。今度ヴェルサイユ宮殿で美術品などを取り扱ってくれているお得意様だよ。今日は急いでいるみたいだから帰ってしまったけど……時がくればアントワネットにもしっかりと紹介しておこうと思う」

「……なるほど、オーギュスト様にとって重要な御方というわけですね」

「そゆこと、それじゃあちょっと場所を移動しようか」

「ええ、そうしましょう」

この時代にしか効果を大いに発揮しないが、その分彼らの強力な力はフランス王国を革命から救うための手助けとなるだろう。

そのために俺はT機関の設立を許可したんだ。

どうやって大商人にコンタクトを取ったのかは秘密だ。

と、ここで会場の空気が急にざわつきはじめた。

「あら、デュ・バリー夫人がいらっしゃったわ」

「おい、反対側からもアデライード様方がいらっしゃった……」

あ、ヤベェ……。

デュ・バリー夫人とアデライードら叔母たちがほぼ同時にやって来た。

どうやら一波乱が起きそうだ。

彼女たちは目からビームが出るようになったら、既に火花を派手に飛び散らせているような状況だ。

鏡の間の空気がバッチリ冷えてますよコレ。

二人が同時に入ってきたこともあってか、場の空気は静かに……そして着実に氷点下まで下がっていくかのような感じがピリピリと伝わってくる。

こんな空気で大丈夫なんだろうか……。

鏡の間の空気が凍っていく中、舞踏会は本格的に幕を開けたのであった。

19：天使とダンス

舞踏会の空気は張り詰めていた。

あーこれは一波乱が起きそうだ。

どっちから先に挨拶しようかとアントワネットが尋ねてきた。

「オーギュスト様……どちらの御方に挨拶を先にしたほうがよろしいと思いますか？」

「うーん、本当だったら先に来たほうに挨拶する予定だったけど……こっちから近いデュ・バリー夫人にサクッと挨拶だけでも済ませてしまおうか、幸い叔母たちはこっち見ていないし」

「よろしいのですか？」

「うん、序列的には国王陛下に最も近いのがデュ・バリー夫人だしね。そりゃ叔母たちも国王陛下の娘だから地位は高いけどなぁ……ま、いろいろと言われたら俺がフォローするから一緒に行きましょ」

「分かりました」

そうそう。

アントワネットに接近して来ようとしていた叔母たちはミスったな。

それも初歩的なミス。

多分叔母たちの取り巻きが先ほどまで俺たちの近くをウロチョロしていたんだ。

なぜ分かったのか？

それは以前叔母たちに会った時にいた女性がアントワネットの傍にいたからさ。

(取り巻き連中がアントワネットに話しかけようと機会を窺っているな。しかしながら、俺と話しているせいで声がかけづらいというわけだ)

さっき大商人と話をした後、取り巻きの女性が去ってからアントワネットと別の場所に移動しようと言って鏡の間を移動しておいたんだ。

後で叔母たちがやって来たときにアントワネットがこの場所にいると告げ口されたら真っ先に話しかけられるのはアントワネットだ。

そうなれば叔母たちの毒に侵されてしまう。

そんなのはまっぴらごめんだと思った俺は、こっそりと機を見計らって取り巻き連中がいなくなった隙を突くような形でそそくさと移動したんだ。

そしたら予感的中ですわ。

先ほどまで俺たちがいた場所の近くに叔母たちは姿を現したんだ。

叔母たちは周囲をキョロキョロと見渡して付き添いの取り巻きを睨みつけるように話しかけている。

話すはずだった相手がいないのが余程気に食わないようだ。

声までは聞こえてこないが、あの表情からして相当怒っているだろう。

おお、叔母の怒った顔が怖いなぁ……。

そんでもって残念だったなぁ叔母様方……。

トリックだよ（嘘）。

というか、先に叔母たちに捕まったらえらいことになる。

彼女たちにとってデュ・バリー夫人は宿敵。

いや、宿敵というよりも憎悪すべき存在なんだ。

父親であるルイ15世が自分たちよりも一〇歳年下のデュ・バリー夫人と絶賛イチャイチャしているからね。

この前も軽くデュ・バリー夫人に挨拶していたのだが、それを偶々叔母たちの取り巻きに目撃されたらしく、後でいろいろと言われたよ。

「デュ・バリー夫人には挨拶してはいけません！」

「いいですかオーギュスト、彼女は国王陛下をたぶらかしているのですよ！」

「そうです！　あの人は無視すべきですわ！」

……とか大声で言ってきたんですよ、それも人が多くいる中庭で。

いやー、もう本当に憎くてしょうがないんだろうね。

周りの人たちはびくびくしちゃうし。

祖父の愛妾がそこまで気に食わないならなぜ真っ正面から立ち向かわないのかが不思議なぐらいだ。

一応王族ということもあってか、必要最低限の礼儀は弁えているつもりらしいが、正直言って叔母たちは場の空気を乱して自分たちさえよければいいと考えているのではないかと疑うことすらある。

俺も頷いて棒読み音声のように声の強弱を消してハイハイと頷いていたが、正直まだ外面上は大らかな性格をしているデュ・バリー夫人のほうが遥かにマシだったね。

そういった理由で俺の心の中では叔母たちの評価は最悪だ。

どのぐらい最悪かといえば、制限速度を順守して走っていると後ろから高級外国車でライトでパッシングして煽り運転した挙句、車を停止させて暴力を振るってくるような奴ぐらいに最悪だ。

実際アントワネットとデュ・バリー夫人との対立を煽ったのが叔母たちだからこの例えは間違いじゃない。

ではどちらから挨拶をするべきか？

答えは明白だ。

デュ・バリー夫人のほうがいいに決まっている。

当たり前だよなぁ?!

国王に近く、また少なくとも政治的にも彼女はまだ信頼されていたのだ。

で、デュ・バリー夫人に俺とアントワネットが近づくと、夫人も俺たちに気が付いたというわけ。

「「デュ・バリー夫人、ご機嫌麗しゅうございます」」

俺とアントワネットは同時にデュ・バリー夫人に挨拶した。

ほぼ同時だったから声がハモりました。

デュ・バリー夫人は俺たちを見て頭を下げて挨拶をした。

「あら、これは王太子様、アントワネット様……ご機嫌麗しゅうございます」

「……こ、今宵は舞踏会を楽しんでください」

「ええ、ありがとうございます。お二人も舞踏会を楽しんでくださいい……」

よし、これで挨拶はバッチリだ。

アントワネットと一緒にその場を離れる。

挨拶って大事だねホント。

叔母たちとは視線をまだ合わせていない。

絶対にヤバイ視線向けている……。

まぁ、後でしっかりと挨拶すれば問題ないさ（楽観主義）。

アントワネットも、俺と一緒に挨拶したから大分気が楽になったみたいだ。

挨拶が終わった後、デザートとか酒のツマミを皿に持っている人がいたので、アントワネットの分も一緒に持ってきて食べているのだ。

アントワネットにはクッキーを。

俺は生ハムを重ねたやつを取って食べている。

アントワネットもデュ・バリー夫人と無事に挨拶を済ませることができたこともあってホッとしている。

ヴァイオリンや楽器を持っている人たちがバロック音楽を披露している。

恐らくこの曲はバッハの曲だったような気がする……。

まさに優雅で素敵なひと時だ。

近世フランスにおける黄金時代。

その伝統をこの目で眺めることができるのはまさに至高だ。

そして俺の隣にはアントワネットがいる。

身体をうずうずしているような感じだが、どうやらダンスを踊りたいらしい。

「オーギュスト様、せっかくですし……一緒に踊りませんか？」

「そうだねぇ……よし、じゃあこれを食べたら踊ろうか！」

「はい！」

生ハムを食べ終えてから、俺とアントワネットはバロック音楽をバックにダンスを踊り始める。

周囲にいる人たちもダンスをしている人がいるが、その人たちよりも周囲に人だかりができる。

白色のドレスを揺らしながら踊るアントワネット。

その姿はまるで天使のようにも見える。

天使とダンスをしている感じになってきた。

バロック音楽が途切れるまで、俺とアントワネットはダンスを楽しんでいたのであった。

20：HEAT弾

やはりクラシック音楽で踊るのもいいね。

この時代はスマートフォンなんてものはないし、レコードなんてあと八〇年以上待たなければ誕生しないものだ。

演奏者もなかなかの腕だ。

この舞踏会を盛り上げるためだけに雇われているらしい。

後でチップでも渡したほうがいいかな？

「オーギュスト様、とってもダンスが上手ですわ！　どこでダンスを習っていたのですか？」

「うーん、そうだね……それは秘密だ」

「あら、オーギュスト様の秘密……気になりますよ！」

「世の中には秘密でいたほうがいいこともあるのさ……」

社交ダンスといっても、この時代はそこまで抱擁するようなダンスではなかった。

どっちかといえば手を取り合ったとしても、くるくる踊る感じだ。

現代のダンスに比べたら機動力に欠けているのかもしれない。

それでもダンスをするのは楽しい。

かつて日本で一世を風靡したダンス映画に習って、大体こんな感じだったかなぁ～と思い出しながらダンスをしているのだ。

ワルツとかマイムマイムはどうも田舎くさいとか身体密着しすぎて破廉恥だという偏見が根深いの

で、貴族などはそうした踊りは控えていたようだ。

うーん、ワルツを好んだヴィクトリア女王の時代まで待たねば。

なので見よう見まねでアントワネットと一緒にダンスをしたというわけ。

ぶっつけ本番でもなんとかなったぜ……。

その踊り方がウケて、演奏が一旦終わってダンスを止めると周りから拍手喝采であった。

「王太子様！！！　素晴らしい踊りでしたぞ！！！」

「王太子妃様も、美しぃ踊りですわ！」

おお、大絶賛だな。

奥のほうでデュ・バリー夫人とかも拍手しているぐらいだ。

やはり舞踏会に参加して良かったわ。

アントワネットは嬉しそうにしているので、ここに来て良かったなぁとつくづく実感している。

すると、どこからともなく嫌な声が近付いてきた。

「素晴らしい踊りでしたわアントワネット様!!」

「ええ、とっても素敵な踊りですわ!!」

「是非ともお話をいたしましょう！！！」

（ゲェ！！！　叔母上方！！！）

んで拍手している群衆を押しのけてアデライードら叔母たちが突撃してきた。

それも凄いやばそうな笑顔で。

あっ、ワイン持っていた人の肩にあたってワイン落としちゃったじゃないか。

……んでもって叔母たちは謝らないし……最悪じゃねーか！！！

ズカズカと取り巻きの女性陣と一緒にやって来た叔母たちがアントワネットを取り囲もうとしていたので、俺が咄嗟にアントワネットの前に出た。

やべぇ、宗教勧誘している奴よりも厄介な人が来てしまった……。

嫁を守らねば（使命）。

俺はさっそく叔母たちへの妨害を開始した。

「これはこれは叔母上方!! 叔母上方も舞踏会にいらしていたのですね！」

「あら、オーギュスト……貴方の踊りもなかなか良かったわよ」

「そりゃどうも」

「オーギュスト！！！ 姉上に失礼ですわよ！！！」

「ほう、ではあちらの人にぶつかってワインを落としても謝らなかった叔母たちのほうが失礼では？」

「な、なんですって?!」

おっ、アデライードよりもヴィクトワールのほうが怒ってきたな。

まぁアデライードは妹たちを指揮している隊長であって、いじめとかの実行役としてはヴィクトワールが中心だったみたいだしな。

汚い、さすがオーストリア大使から「こいつの言っていることはアントワネット様にとって全て最悪だ」と言われただけのことはある。

アントワネットとの会話を遮断されたことでだいぶイラついているようだ。

「いいですかオーギュスト、確かに踊りは最高でしたわ。ですが、あのデュ・バリー夫人に挨拶をするなんて……見ているこっちが恥ずかしいですわ！！！」

「デュ・バリー夫人は国王陛下に最も信頼されている方です。その方に挨拶をすることの何が問題ですか？」

「オーギュスト！　貴方はあのような人と関わってはいけません！！！　あの人は国王陛下をたぶらかしているのですよ！！！」

ヴィクトワールが甲高い声でヒステリック気味に叫んでいる。

おうおうおう、せっかく持ち直した空気がもっと冷え込んだじゃないか。

ここはアルプス山脈か？

ブリザード吹いてましてよ？

そのぐらいに空気が一気に冷え込んで辺りは静まりかえっている。

よし、向こうの言いたいことはこのぐらいだろうか。

やられたらやり返す、数倍返しでナ！！！

俺はすぅーっと息を吸い込むと正論をもって反撃を開始した。

「問題とおっしゃいますが……叔母上方のほうが舞踏会においてあってはならない問題を起こしておりますぞ。ここは社交の場です、政敵であったとしても表面上はにこやかに過ごすべき場所なのです。

対立を助長させたり場の空気を乱すような行いをするべきではないのですよ」

「オーギュスト！！！」

「私の申し上げていることは事実でしょう。それに、叔母上たちが騒ぎを起こしてこの目出度い舞踏会が中止になったら誰が責任を取るのですか？　それが国王陛下に知られたらどうなるかはお分かりのはずです」

舞踏会っていうのは色んな人たちが来るから、その人たちを持てなしたり楽しませるのが主体なわけですよ。

ダンスをするのもその中の一つだしね。

そうした交流の場で、勢力争いとかを大々的にやるのは良くないと思うの。

それに国王陛下から「雑巾」扱いされている原因というのも、こうした叔母たちの行為に原因があるんじゃないかな。

それじゃあそろそろトドメの一撃をお見舞いしてあげよっかな。

「では、どうですかな？　ここは一つ国王陛下にご参加頂いてどちらが問題であるか伺いましょうか？」

水戸黄門の紋所じゃないけど国王陛下の名前を出したら一発で静まり返ったわ。

その言葉がトドメになったのだろう。

叔母たちは蜘蛛の子を散らすように足早に退散していった。

「……っく、皆さん！！！　行きますわよ！！！」

「は、はい!!」

「アデライード様！！！」

取り巻きの女性たちもそそくさと逃げて行った。

ああいう女性たちも一度派閥に入ったら抜け出せないよなぁ……。

ちょっとかわいそうだなと横目で見ているとアントワネットが心配そうな声で俺に尋ねた。

「オーギュスト様、その……よろしかったでしょうか？」

「ああ、あれは叔母たちに責任があるのさ。場を乱す行為は舞踏会ではあってはならない行為だ。叔母たちには少しばかり反省する機会を与えたのさ」

「……叔母様方は反省しますでしょうか？」

「……無理だな、骨の髄までわがままが染みついているからね。ああいう人ほど周囲からドンドン孤立していくんだ。アントワネット、あのような人になってはいけないよ」

「はい……あの、オーギュスト様……手が、震えておりますわ……」

アントワネットに指摘されて初めて気が付いた。

俺の手が震えていたのだ。

恐怖ではなく怒りで……。

ぶるぶると震えている。

アデライードの悪行は転生前に聞いてはいたが、ここまで酷いとは思わなかった。

思わず殴りたくなったぜ、拳で！！！

フランス革命が舞台の漫画よりも酷いな。

いじめ、カッコ悪いぞ。

デュ・バリー夫人はまだ愛嬌もあるし節度を弁えている分、人としてマシだが叔母たちはどうしようもないぐらいにダメだ。

人間のクズ……!

そんな言葉がピッタリの人柄だ。

侍女さんたちにもアデライードに気を付けるように注意しておかないと。

「皆様大変お騒がせしてすみませんでした。では引き続き舞踏会を楽しみましょう!」

「え、ええ……!」

「そうしましょう!」

叔母たちのせいで鏡の間の空気が温かくなるのに数分を有したが、俺がおもいっきし舞踏会を楽しもうと言うと、周りの人たちは同調してくれた。

そんでもってやっと国王陛下がご到着した。

どうも昼間食べ過ぎてお腹を下していたらしい。

そのお陰でトラブルの場面を国王陛下に見られずに済んだのはラッキーだったぜ。

その後は大きなトラブルもなく舞踏会は午後一一時に終わったのであった。

21：お母様、ヴェルサイユは楽しい場所ですわ

西暦一七七〇年六月二〇日

オーストリア　シェーンブルン宮殿

オーストリア女大公、マリア・テレジアは娘からの手紙を心待ちにしていた。

それは娘を想う親心であった。

彼女は先月にフランスに嫁いで行ったアントワネットのことを心配していたのだ。

「本当にあの娘は上手くやっていけているのかしら……」

勉学を学ばせても、五分と経たずに集中力が途切れてしまうアントワネットだっただけに、マリア・テレジアはアントワネットのことを危惧していた。

無事にやっていけているのかと……。

母親として直接面倒を見ることはできないが、手紙を毎月寄こすように口酸っぱく言っているので、手紙でのやり取りで親としての指導をするつもりだった。

今日はアントワネットからの手紙がやってくる日だ。

テレジアとしてもアントワネットのことが気がかりなのだ。

お転婆娘として世話係の者たちの手を煩わせるほどのやんちゃな性格である彼女が、果たして本当にフランスで無事にやっているかどうか、テレジアは不安な日々を過ごしていたのである。

そんな彼女の居室のドアが開かれる。

「大公様、アントワネット様からお手紙が届きました」

「ついに来たわね……こっちに持ってきて頂戴」

使いの一人が持ってきたのはアントワネットからの手紙であった。

現代のようにEメールやSNSで即座に送信されることはなく、ほぼ人力で手紙が送られてきたので日数は五日ほどかかっている。

高速道路なんかもない時代なのでこれが当たり前の光景だ。

むしろこれでもかなり早く到着したほうだ。

娘宛に出した手紙と丁度行き違いになった形だ。

「さて……どんなことが書いてあるのかしら？」

恐る恐る女大公は手紙を開ける。

その手紙の内容に女大公は大いに驚いた。

あまりにも驚き、これは夢ではないかと思ったほどであった。

――拝啓　愛しのお母様へ

お母様、お元気ですか？

私はヴェルサイユでオーギュスト様と一緒に楽しく過ごしています。

オーギュスト様はとっても博学で物知りで……とにかくすごい御方なんです！

ほぼ毎日おやつや昼食を手作りで作ってくれるうえに、食事や新しい産業のことも分かりやすく教えてくださいます。

何度も気遣ってくれているうえに、オーギュスト様は私と一緒に勉学をしております。

帝王学や経済学、歴史学などを何度もしているうちにあれほど苦手だった勉強も楽しく思えるようになりました！

さらに社交的で明るくて、それでいて気さくで親切で……本当にオーギュスト様は夫としてこれ以上にない素晴らしい御方です！

オーギュスト様はフランスとオーストリアの未来のために、日々邁進しています。

私もオーギュスト様のために全身全霊を尽くして参りたいと思います。

デュ・バリー夫人とも私はご挨拶をすることができました。

オーギュスト様からデュ・バリー夫人に起こった過去の話を改めて聞く機会がありましたので、その時にデュ・バリー夫人に対して若干ですが苦手意識が消えました。

こちらでは問題なく、順調に過ごしていますので心配はご無用です！

オーギュスト様の補佐をしながら頑張っていきます！

——アントワネットより

「……これ、本当にあの娘が書いたのかしら？」

あまりにもはきはきと書かれている文章を見て、思わず女大公は疑うほどであった。

フランスで誰かに代筆させたのではないかと。

ここまでしっかりとした感じに文章で伝えてくるなんて想像もしていなかった。

新生活に慣れないと愚痴をこぼしてくるのではないかと予想していただけに、テレジアは思わず拍子抜けした感じになってしまったのだ。

仮に手紙に書かれていることが事実であるならば凄いことだ。

勉学が楽しいと語るほどに娘が成長したのだ。

しかも嫁いでから一か月程度で！

とてもじゃないが信じられないのは無理のない話だ。

そこで、女大公はフランスから帰国してきた大使館職員に尋ねたほどだ。

「アントワネットの様子はどうなっている？」

「はっ、アントワネット様はオーギュスト様と仲睦まじい様子で過ごしております。私が見た時も宮殿の中庭でランチをしていることが多かったです」

「ほう……ランチを……」

「それと……アントワネット様とオーギュスト様は夜遅くまで灯りを点けて勉学に励んでいるといいます。毎日ホットミルクとクッキーを事前に作ってから帝王学や経済学……最近では東洋の学問についても学んでいるとのことです」

「どうやら本当のようね……引き続きアントワネットのことをよろしく頼むわよ」

「ハッ、引継ぎの職員にもそのように伝えます」

職員の男が居室を去り、女大公はホッと一息ついた。

手紙で書かれていることが嘘であったら追加の手紙で叱りつけるつもりだった。

しかし、職員からの報告では手紙通りの行動であったという。

そればかりか勉強を学び、夫を支えている良き妻として宮殿内での評価も良かった。

女大公にとって朗報ともいえる知らせに、思わず目から涙がこぼれた。

（あの娘がこれほどまでに変わるだなんて……よっぽど夫が気にいったのでしょうね……）

おてんば娘として教育を十分にできないまま、アントワネットをフランス王国に政略結婚として送った女大公は、アントワネットが無事にフランスでやっていけているという報告を聞いて喜んだ。

まさかここまで娘が変わるとは思ってもみなかったからだ。

ここ最近はオーストリアでは息子のヨーゼフ2世との共同統治政策を行っているが、何かと息子との意見の食い違いや対立が起きているのだ。

女大公にとっても久々に明るいニュースが聞けて嬉しく感じている。

特に何度も手紙で〝オーギュスト様〟と連呼しているので、よっぽど良き夫に巡り会えたのだと内心彼女は祝していた。

「少なくとも夫と良き関係を築けているのなら問題ないわ……アントワネットも上手くやっていけるハズよ」

そう言って女大公は居室の机の上に置かれている書類の処理を始めた。

女大公だけにやるべき仕事は山ほどある。

それでもアントワネットがフランスでよくやっているという報を聞いた彼女は上機嫌で仕事に取り組んだのであった。

21+：叱責

娘の成長を喜ぶ母親がいる一方で、娘の傍若無人な振る舞いに激怒している父親がいた。

ルイ15世である。

娘のアデライードたちが、アントワネットとオーギュストがデュ・バリー夫人に挨拶をしたのを気に食わないと不服を申し立てて大勢の人がいる前でデュ・バリー夫人を貶したうえに、舞踏会に泥を塗った行為はいくら娘といえど、許される行為ではないのだ。

オーギュストやアントワネットが去り、寝室でのベッドで少なからず運動を行った後にデュ・バリー夫人からアデライードたちとオーギュストが一触即発に陥った話を聞いた途端、ルイ15世は娘に対して流石に我慢の限界に達したのだ。

ベッドでデュ・バリー夫人との一夜を過ごした後で、書斎にアデライード、ヴィクトワール、ソフィーといった娘たちを呼びつけると真っ先に怒鳴り付けたのだ。

「お前たち……！　なぜ呼び出されたか理解しているか？　いくらなんでも今回の振る舞いは許され

んぞ！　何を考えてそんな馬鹿げたことをしたんだ！」

「いいえ！　馬鹿げたことなどしておりません！　それよりも分かっていないのは父上ですわ！　よりにもよってデュ・バリー夫人に好き放題させ過ぎですわ！　お陰で私たちが苦労しなければならないのですよ！」

王の居室に呼びだされて叱責を受けたにもかかわらず、アデライードが真っ先に否定して逆に父親が娘への理解が足りないと主張した。

これまでに父親であるルイ15世に叱られることはいくつかあったが、ここまで怒鳴り声を上げるまでに叱られることはそうそうないことであった。

アデライードには、なぜか父親がデュ・バリー夫人やオーギュストばかり贔屓しているように見えている。

故に、双方の主張と理解が食い違っているのだ。

アデライードが先陣を切って反発しており、続くようにヴィクトワールやソフィーもルイ15世に苦言を申し立てた。

「それに父上、あれはオーギュストの行いにも問題がございました。私たちのことを見ていたにもかかわらず、挨拶をしたのはずっと後でしたのよ！　ここ最近オーギュストの行いは緩みすぎでございます！」

「ヴィクトワール姉様の言う通りですわ。陛下、流石にオーギュストはアントワネット様に夢中になり過ぎていて、我々に見向きすらしないのはどうかと思いますの」

「あのなぁ……お前たちがオーストリアとの同盟締結を嫌っていたのも知っているし、反対していたのも聞いているぞ。だがなぁ、孫とその嫁のいる前であのようなことはしてはならん！　分かったか！」

ルイ15世は娘たちの訴えを退けて、一喝する。

オーギュストは苦情などを述べてはいないが、ルイ15世にしてみればアントワネットは実の娘よりも心優しいことを見抜いているのだ。

実の娘は結婚もできずに、こうして父親に向けて苦言を延々と述べるだけのやかましい存在に成り下がっている。

故に、アントワネットのことを大事にしたいと考えているのだ。

もちろん、オーストリアとの友好関係を構築するうえで必要不可欠な存在ということも考慮したとしても、アントワネットの眼差しに嘘はない。

長年培ってきた人間観察の成果でルイ15世には分かるのだ。

分からないのは目の前にいるアデライードたちだけなのだ。

「……ええ、分かりましたわ。その件に関しては私が悪うございました……ですがデュ・バリー夫人に関しては……！」

「くどい！　何度言えば気が済むのだアデライード！　デュ・バリー夫人は関係ないだろう！　お前はそうやってなんでも人のせいにして……そんなことだからお前は結婚時期を逃しているのだぞ！　三十路に入っても婚約相手はおらず、もはやお前は王家でも恥でしかないのだ」

「……！」

ある程度怒りを抑えて説教をしていたが、いつまでも言い訳ばかり繰り返しているアデライードをルイ15世は椅子から立ち上がって怒鳴りつけた。

三人の娘たちの中でもデュ・バリー夫人を蹴り落とそうと策謀している中心人物でもある。

今までは娘たちの愚痴を聞いて抑え込んでいたが、遂に溜め込んでいた怒りが火山の如く噴火したのだ。

「いいか！　今までお前からどれだけ愚痴を聞いていたか……黙っていてもデュ・バリー夫人への憎悪と敵意を剥き出しにして内部の政治を乱し、宮殿内はお前の取り巻き連中が夫人の付添人に怪我をさせたりしていることも知っているのだ。ポンパドゥール夫人の時もそうだったが、お前の行いをいつまでも許すわけにはいかん！」

「だからそれは……！」

「黙れ！　アデライード！　ヴィクトワール！　ソフィー！　当面お前たちや取り巻き連中はヴェルサイユ宮殿で開かれる舞踏会に出ることを禁ずる！　私が許すまで部屋で待機していろ！　守られない場合は幽閉するぞ！」

ルイ15世は重い腰を上げてアデライードに罰を与えたのだ。

刑事罰ではなく、宮殿内において一大勢力を担っていたアデライード派に突き付けられたのは最終通告でもあった。

アデライードにとって、ヴェルサイユ宮殿内における勢力保持を図るうえで欠かせない舞踏会の参加禁止はかなり重たい処分だ。

流石にここまで厳しい状況に置かれると、アデライードでもどうすることもできない。

「はぁ……どうしてお前たちをそのように育ててしまったのか……余の教育が間違っていたのか……全く、嘆かわしいことだ」

ため息を吐いてルイ15世は再び椅子に腰かけた。

ここまで叱っても、アデライードたちが心の底から反省するのは数週間程度だ。

舞踏会での行いを踏まえたうえで、彼女たちはまた悪行をしでかすだろう。

彼女たちの日々の行いの悪さも相まってか、ついにルイ15世は禁句を口に出してしまう。

「……アデライード、特にお前のような娘は生まれるべきではなかった。お前は死産してしまえばここまで醜悪な姿にはならなかっただろう」

その言葉を聞いたアデライードは父親に対してかける言葉を失った。

実の娘に対して、死産してしまえば良かったと言う父親はいないだろう。

しかし、ルイ15世は娘たちの前で堂々と言ってしまったのだ。

それを聞いたアデライードは開いた口が塞がらない。

「それにな……お前たちは結婚もせずに婚期を逃し、王族としてお情けで宮殿内でいるにもかかわらず……いい歳をしてオーギュストたちに怒鳴りつけるのは非常識も甚だしい。第一に、オーギュストは自分から変わるように積極的に行動しようとしているのだぞ。あの内向的な性格から一転して他人を労わり活動的になった……なのに、お前たちはなぜオーギュストを見習うということすらしないのだ？」

　ルイ15世の投げかけた言葉は正論であった。

　現に、アデライードたちは本来であれば婚期を逃してしまった女性であり、取り巻き連中も含めて渋々アデライードに付き従っている下僕に過ぎない。

　王族ということを利用して、贅沢の限りを尽くす。

　贅沢に関して言えばこの時代では許容範囲だが、デュ・バリー夫人との対立が深刻化していくのはルイ15世からしてみても放置しておくわけにはいかない問題であった。

「分かればさっさと部屋から出て行き、自室に籠っていろ……」

　アデライードたちは無言で部屋から出て行く。

　皆が父親から言われた言葉にショックを隠しきれていない。

　三姉妹の中でも末っ子に当たるソフィーに関しては涙で溢れてしまっている。

　父親から見放されたと思っているのだろう。

　ヴィクトワールも部屋に到着して頭を抱えていたのだ。

「はぁ……父上はいつになくご立腹ですわね……当面は言われた通り大人しく過ごすしかありませんわ……」

「……ない」

「……アデライード姉様？」

「そんなわけない……そんなわけない……」

アデライードは部屋にたどり着くと、真っ先に椅子に腰かけてブツブツと小言を呟いている。

父親から死産してしまえば良かったと言われたことに、一番ショックを受けているのだ。

椅子に座ってからしばらく小言を念仏のように呟いた後、アデライードの脳裏に思い浮かんだのはデュ・バリー夫人やオーギュストを持ち上げて、自分たちを冷遇しているルイ15世への憎しみであった。

その負の重みはまだ表面には表れていない。

しかし、着実にアデライードの脳裏に浸透していくのであった。

「ふふふ……父上はまだ分からないのでしょう……いずれ分からせてあげますわ……」

「あの……姉様？」

「……ヴィクトワール、ソフィーも……今回は父上の言ったことを守りましょう」

「は……はい……」

ヴィクトワールとソフィーは、これまでにないほどに落ち込んでいるアデライードが気がかりであった。

いつもだったら父上やデュ・バリー夫人の愚痴や悪口を言いまくるアデライードが、ここまであった覇気をなくしたかのように目が点のようになっているのが、二人にしてみればかなり不気味に感じ取ったのだ。

何か近いうちに大それたことをしでかすのではないかとヴィクトワールとソフィーは危惧するようになる。

二人の心配は十日後に現実のものとなって降りかかることを、この時はまだ予測もつかなかったのであった。

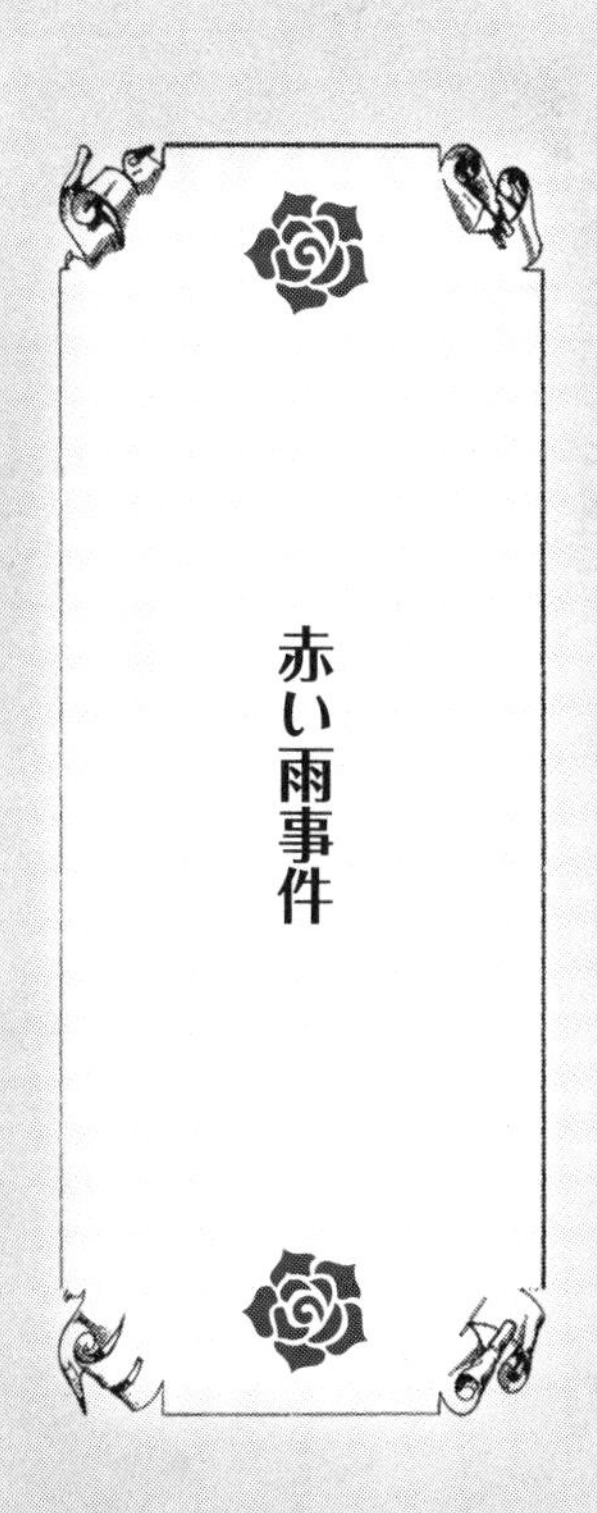

赤い雨事件

22：バカは風邪を引かないという言葉は迷信だったぜ

西暦一七七〇年六月三〇日

今日は一日中自室で休みだ。

というか身体を安静にしていないといけない。

主治医から絶対安静にするように言われてしまったんだ。

というのも、この俺が風邪を引いてしまったんだ。

バカは風邪を引かないという言葉があるが、どうやらここ最近無茶をしすぎてしまったようだ。

夜遅くまで蝋燭を灯して書類を作成……。

T機関創設のための草案原文作成……。

アントワネットと一緒に勉強会を開催……。

使用人や守衛の処遇、業務改善書類の作成などなど……。

割と内政に着手している時に限ってコレだ。

今朝になって身体の調子が怠いな～と思い、おでこを触ったら思った以上に熱があったのだ。

喉も少しばかり腫れていたので完全に風邪を引いてしまったらしい。

丁度この時期は季節の変わり目だ。

春から夏に変わる時期でもあるので、体調が崩れてしまったのだろう。

主治医からムラサキバレンギクなど西洋薬草を調合したものを渡されて一気飲みした。

一応は医薬品として現代でも使用されている薬草なので大丈夫だろう。

それよりも周囲の人たちからかなり心配された。

随行員たちから「王太子様、どうかお体ご自愛ください」と言われたし。

それにさっきルイ15世とデュ・バリー夫人がやってきて体調は大丈夫かと駆けつけてくれた時にはさすがの俺でもたまげた。

まさかここまで騒ぎが大きくなってしまっているとは思ってもみなかったからだ。

「オーギュスト、お前はよく頑張ってくれている。仕事もかなり頑張っているのは余も見ておるぞ。だが決して無茶はするでない。無茶をして身体を壊してしまっては元も子もない」

「おっしゃる通りです国王陛下」

「オーギュスト様、アントワネット様も心配しておりましたよ。今日は一日安静になさってくださ い」

「ありがとうございますデュ・バリー夫人」

ルイ15世はともかくデュ・バリー夫人までやってくるのは想定外だったよ。

なんでも前回の舞踏会の時にちゃんと挨拶をしたことで印象を良くしたようだ。

その後に起こった叔母たちの騒動も見ていたので、そのことを国王陛下に報告したらしい。

国王陛下はその騒動を知ると、すぐに叔母たちを呼び出して激怒したそうだ。

そりゃそうだよね。

楽しく主催するはずの舞踏会の雰囲気を台無しにするような行為をされたら誰だって怒りたくなるよ。

一方でアントワネットもかなり心配していた。

重病になったらどうしようかと悩んでいたらしい。

心配かけて申し訳ない。

そして仕事を抱え込みすぎだと怒られてしまった。

「オーギュスト様は仕事の案件を一人で抱え込み過ぎです！　最低でも今日はお医者様に言われた通りゆっくり休みましょう！」

「おっしゃる通りです、ハイ」

最近夜遅くまで働きすぎだと言って注意していたが、転生前には徹夜作業とかザラにあった。

書類とノートパソコンと会社のディスクはお友達だったもんな。

社畜生活へようこそ！　状態だったからなぁ……。

何よりも自分で企画とか練るのが凄く楽しいんだ。

……だめだ、社畜の時の感覚が抜けていねぇ……。

ただ、そういうのには慣れっこのはずだったんだ。

俺の体調管理が甘かったんだろう。

そうした無理が今になってやってきたのかもしれない。

現代だったら内科に行って抗生剤を貰えばいい話だけど、ここではそうはいかない。

ある意味警告かもしれないな。

「あー……風邪舐めてたわ……」

割と近世で風邪を引くのはヤバイんだ。

なんたって抗生剤なんてものがないから基本的に初歩的な応急処置と民間療法レベルの治療法に頼るしかない。

そのため風邪を引いたまま重症化してしまい、結核や肺炎……下手をすれば天然痘ウイルスに感染することもある。

なので気を付けていかないと下手したら死ぬ。

風邪には気を付けよう！！！（揶揄や誇張ではなくマジで）

「うぃ～っ、しばらくはアントワネットと一緒に寝れないのが残念だ……」

そう、アントワネットと一緒に寝るのは禁止となった。

理由はもちろん風邪をうつさないようにするためだ。

風邪の感染拡大は非常に厄介だ。

なので主治医や専属のスタッフが駆けつけて料理や水などを部屋に運んで来てくれるのだ。

「お待たせしました……卵スープでございます」

「おお、美味しそうだね」

「はっ、オーギュスト様のリクエストの品ですが……こちらでよろしいでしょうか？」

「うん、ありがとう」

何よりも今は力を付けないといけない。

そこで俺は卵スープを作ってもらうようにお願いしたのだ。

卵なら栄養価も高いし、何より日本には卵酒というものがある。

一応ヨーロッパにもそれに類似した飲み物は存在しているが、生憎英国の飲み物だ。

それにブランデーやウィスキーを割って飲む代物なので、ワイン原産国であるフランスでは流石に邪道飲みになってしまう。

というわけで妥協点として卵スープを飲むことにしたのだ。

一応これである程度は身体の内側から温まるだろう。

ホッと一息しながら卵スープを飲んでいると、外では雨が降り出してきた。

どうやら今日は一雨きそうだ……。

そういう日に限って、何かとヤバイ……ハプニングイベントが起こりそうなもんだ。

そう思いながら窓の外で降りしきる雨を見つめながら、卵スープをゆっくりとちまちま飲んでいたのであった。

23：愛など感じぬ

ヴェルサイユ宮殿の片隅で一人の女が怒りを爆発させていた。

女の足元には割れた花瓶や破けたシーツが散乱している。

周囲にいる女性陣もあまりの気迫に押されてしまい、女の破壊行動を止めることができないでいる。

その女はアデライードであった。

目を真っ赤に充血させて手当たり次第に八つ当たりを繰り返していた。

「もう我慢なりませんわ……オーギュストを徹底的に懲らしめてやりましょう！　こうなったのも……こうなったのもオーギュストのせいですわ！！！」

先日の舞踏会におけるオーギュストへの暴言と周囲に配慮の欠けた行動は国王陛下の耳にもしっかりと届き、国王陛下が大激怒したうえにアデライード派の人間はしばらくの間、舞踏会への参加を禁じられたのだ。

アデライードは部屋に戻ると大いに怒り狂い、そして現在に至るまで興奮状態で物に八つ当たりを繰り返していた。

庶民が一年かけて稼いでも入手できない高価な壺やテーブルなどを怒りに身を任せて破壊し尽くした。

見かねた侍女の一人がアデライードに制止を促そうと彼女の前に出た。

「アデライード様！！！　お気持ちは分かりますがどうかお静まりください！！！」

「えぇい！！！　私に指図しないで！！！」

「きゃぁぁっ！！！」

アデライードは制止しようとした侍女を拳で殴りつけた。

「そもそも！！！　なんでこんなことになる前に止めなかったのよ！！！！」

何度も、何度も強打していくうちに侍女の顔が見る見る腫れあがっていく。

侍女の顔面が内出血して口からは殴られた衝撃で折れた歯が三本ほど、ボロボロとこぼれ落ちていく。

殴りつくして怒りが少しだけ治まったのか、アデライードは殴るのを止めて部屋の中にいる女性陣に向けて恐ろしい言葉を放った。

「甥は……！！！　甥は私たちの敵です！！！　いいですか！！！　オーギュストは私たちの敵です！！！」

そうアデライードは宣言したほどにオーギュストを憎んだ。

敵となったからには身内にも容赦しない。

当初はアントワネットに危害を加えようと計画はしたが、オーギュストの入れ知恵によってガードが厳しいうえにオーストリアとの関係が破綻し戦争状態になりかねないことを考慮してか、意外にもアデライードはこの案を見送ったのだ。

考えていると一人の若い女性が一歩前に出てアデライードに報告を行った。

「あの……一つよろしいでしょうかアデライード様？」

「……何？」

「先ほど入った情報ですが、オーギュスト様が風邪で寝込んでいるそうです」

「……あら、それは本当？」

「はい、主治医の一人から話を聞きました。間違いないそうです」

「……フフフ、やった！　やったわ！！！　あのオーギュストが風邪を引くだなんて！！！　もっと風邪で苦しめばいいわ！！！　アハハハハハ！！！」

アデライードは先程まで怒っていた時とは打って変わって今度は甲高い声で笑い始めた。

自分の行いを邪魔して妨害してきた目障りなオーギュストが風邪を患ったからだ。

まさに願ったり叶ったり。

アデライードは一気に上機嫌となった。

若い女性はさらに話の続きを話そうとしている。

「おほほほ！！！　少しはこれで懲りたでしょう！！！」

「あの……アデライード様？　その話の続きを話してもよろしいでしょうか？」

「ええ、いいですよ!!　話してみなさい！」

「その、オーギュスト様が風邪を引いたということで、国王陛下がデュ・バリー夫人を連れてオーギュスト様をお見舞いに行ったそうですよ……」

「……それは本当なの？」

「ええ、はい……確かです」

喜びも束の間、オーギュストが風邪を引いたことで、国王陛下がデュ・バリー夫人を部屋まで連れて見舞いにきたという話を聞いてアデライードは上機嫌から一変して不機嫌になる。

雷が落ちる三秒前だ。

アデライードは大きく息を吸ってから叫んだ。

「なぜ、なぜ父上は……そこまで甥を！！！　もういやああああああ！！！！」

髪の毛をぐしゃぐしゃにしてアデライードは取り乱す。

アデライードの気分は一気に急降下していく。

オーギュストはデュ・バリー夫人とも関係がよろしいらしい。

その報告がさぞ気に食わなかったのだろう。

報告を聞いたアデライードは目を充血させて部屋にいる全員に聞こえる声で恐ろしい言葉を放った。

「やはり甥やあの愛妾（デュ・バリー）は邪魔ですわ!!　このままでは私たちは一生冷遇され続けるわ！！！　もはやまとめて始末するべきだわ！！！」

「！！！」

それはアデライードによる国王陛下とオーギュスト暗殺を実行に移せとの命令であった。

デュ・バリー夫人と対立していたアデライードにとって、もはや甥やアントワネットまで対立しているデュ・バリー夫人の味方になってしまったのだ。

日頃の行いが悪いのと異常なほどの嫉妬心から対立をしているのだ。

もはや宮殿内ではデュ・バリー夫人やアントワネットを支持する者たちの数が多い。

先日の舞踏会での悪行が決定打となっている。

アデライードたちは孤立しているのだ。

孤立し、気が付けば追い詰められている彼女たちが名誉を回復するために行える行動はたった一つ。

政敵を謀殺して自分たちの操り人形を傀儡に立てることであった。

彼女たちのプランではルイ16世の弟であるルイ・スタニスラス（史実ではフランスの王政復古後に国王に即位しルイ18世になった人物）を傀儡にしようと考えていたのだ。

スタニスラスは上昇志向が強く兄であるオーギュストとは対抗していたのだ。

兄弟で反目しあっていることを利用して甥と国王陛下を暗殺し、スタニスラスを国王に任命させて成人になるまで摂政としてアデライードらが就くこともでき得る。

そうなれば、今まで続いてきた勢力として返り咲くことができるのだ。

しかし、王太子や愛妾……さらには国家元首である国王陛下の暗殺を堂々と言ってしまっていることで周囲は唖然としている。

取り巻きで妹のヴィクトワールやソフィーですら、あまりにも物騒すぎる発言をしている姉に対して流石に顔を真っ青にして制止を求めた。

「お姉様！！！　流石に暗殺などすれば私たちの身も危ういですわ！！！　どうかお考え直しを！！！」

「ヴィクトワール！！！　もはや私たちに残された時間は少ないのよ！！！　このままでは父上はあの愛妾に唆されたまま権力に居座り、私たちを嫌っている甥が元気になり次第追放を命じるに違いないわ！！！　ならもはや手段を選んでいる時間はないの！！！」

頭のねじが外れたアデライードはひどく興奮して話をしている。

目は大きく見開き、まさに狂信者のような目つきであった。

それほどまでにアデライードの精神は追いつめられていたのだ。

すでに舞踏会での一件があったことで、アデライードたちの地位は大きく揺らいでいる。

おまけに彼女よりもずっと歳が下のオーギュストのほうが彼女たちよりも冷静に振る舞っていたので相対的にオーギュストやアントワネットに人気や支持が向かっていく。

さらに言えば、父親であるルイ15世から激怒された末に言われた言葉に大きなショックを受けていたのだ。

『アデライード、特にお前のような娘は生まれるべきではなかった。お前は死産してしまえばここまで醜悪な姿にはならなかっただろう』

血の繋がりのある実の父親から言われたこの言葉は、アデライードの精神の奥深くに突き刺さり、それまで止めていたストッパーを解除させる要因となった。

生まれたことへの全否定。

それを聞いたアデライードは、すっかり情緒不安定になっていった。

ワインを何本も開けてはがぶ飲みし、アルコールに溺れるようになっていったのだ。

そしてアデライードの心には父親への尊厳や愛着も失せていた。

代わりに残ったのはルイ15世やオーギュストに対する憎悪だけであった。

そしてアデライードは決意した。

「今夜決行してもらいましょう……父と愛妾……そして甥は正気を失っています！！！　もはや手段を選んでいる場合ではありません！」

「お姉様！！！」

「それだけはおやめください！」

「……ヴィクトワール！　ソフィー！　二人とも告げ口をしたら最初に殺すわよ」

「！！！」

「いい？　もはや愛妾に現を抜かす国王陛下はいらないの、新しい国王陛下をお連れする時が来たのよ!!　アハハハハハハ！」

もはやアデライードの制止役を担っていたヴィクトワールやソフィーですら姉の暴走を止めることはできない。

アデライードは今夜、王太子・国王陛下を暗殺するべく刺客を送り込む準備を整えようとしている。

念入りに、そして素早く殺すために。

彼女はもはや正気ではなくなっていたのだ。

その狂気を止めるものは、誰一人としていなかった。

24：黒い魔女

……。

……

……。

ふぅ。


雨が全然止まないな……。

スプリンクラーを作動させたような土砂降りの雨だ。

暗くなっても雨は降り続いている。

昼間は発熱していることもあってか、身体が怠いので自然と昼寝をしていた。

午後一時から午後七時までずっと眠っていたのだ。

完全に昼寝のし過ぎだ。

(体調はかなり良くなったけど……これ眠れなくなるパターンじゃないかな?)

ザーッという雨の音だけが部屋の中で聞こえる。

転生前ならスマートフォンやノートパソコンを起動してSNSを見たり、動画サイトやエロサイトでも見て退屈しのぎをしていたものだが……。

こうなったら基本的に蝋燭に火を灯して読書をすることに限る。

時刻は既に午後八時を回っていた。

「何を読もうかな……フランス語に翻訳された君主論でも読もうかな」


君主論。

この時代から二〇〇年以上前にイタリアで作られた帝王学に関する書籍の一つだ。

君主とはこうあるべきだ！　とか、俺の考えた理想の君主ってこんな感じにすれば民衆から支持されるぜ！　とかいろいろな視点から描かれている本だ。

役割を君主と国民から上司から部下に変えると割と現代マネージメントでも通用する内容になっている。

例えば上位者として君臨しても力量が不足していれば不安定になりやすいとか、どうしても善行を行っていても事態が改善しない場合には一時残酷になる必要があるとか……。

ざっくり纏めると、君主に必要なのは寛大な精神ではなく一時的に国家を恐怖で支配してでも安定した政治・経営を行える国家体制であることが必須ということ。

「残酷な君主のようになれってか……うーん、アントワネットと幸せに暮らしたいけど……でもどの道、叔母上とか革命主義者とかを潰さないとロクなことにならんからなぁ……」

歴史上政敵に対して苛烈な報復を行った人物は数多く存在する。

世界最大の領土となったモンゴル帝国の始祖チンギス・ハーンとかも、敵対する部族の大将を生け捕りにして沸騰した釜で焼き殺していたりするし。

織田信長も当時敵対していた比叡山延暦寺に焼き討ちを行い、延暦寺にいた僧兵のみならず女子供まで皆殺しにするぐらいには苛烈なのだ。

戦争とはまさにそういうこと。

中世や戦国時代では敵に対しては極めて冷酷かつ残酷にやるのが常識だったんだ。

近代になると第二次世界大戦ぐらいで、技術の発展によって一層戦争の様子が変わって国家の総力戦による戦闘に変化していったんだよなぁ……。

いつの時代も敵は潰し、味方を増やし、前任者の悪かったところは見直そうとするのが大抵のやり方だ。

俺もそのうちの一人になりそうかもな。

すでに改革案も七割ほど作成が完了した。

今は筆を休めているが、いずれは完成させるつもりだ。

(フランス革命を起こされるぐらいなら改革したほうがええやん!!)

その意気込みでやっているので、ゆくゆくは国王になった際にどうするかしっかりと地盤を整える必要がある。

そのための地位、あとそのための権力!!!

王太子という地位と権力があるんだ。

今でも動かせるものはドンドン動かしていくぜぇ!!!

それじゃあ早く風邪を治さないと……。

ふと、君主論を読んでいて思い出したが、最近になって妙な噂を聞くことがある。

ヴェルサイユ宮殿には魔物が潜んでいるという噂を聞く。

転生前の書籍やインターネットでも見つけられなかったこの時代に流行っていた噂話だ。

その噂とは『黒い魔女』と呼ばれている女が時々ヴェルサイユ宮殿に現れて人を暗殺するらしいというものだ。

なんでも、一見すれば自然死と変わりないので見分けがつかないという。

黒い魔女か……。

そんな噂なんて聞いたことがない。

この時代ってそんな噂話が流れていたのだろうか？

都市伝説かな？

むしろヴェルサイユ宮殿で有名なのはアントワネットの幽霊を目撃した話が有名だろう。

幽霊なんていないない、むしろ黒い魔女が実在するなら暗殺者を誰かが雇っているということになるかな。

恐ろしい話さ。

アントワネットもこの噂話を怖そうに話していたな。

「オーギュスト様、黒い魔女の話は本当にあるのでしょうか？」

と尋ねてきたからそれは単なる噂話が肥大化したものだよと告げたけどね。

宮殿内における派閥争いこそあれど、暗殺まで行うことなんてあるのだろうか？

暗殺が横行しているという情報は入ってきていない。

仮にそんなに殺人が横行していたらヤバすぎるでしょ……。

恐らく伝染病とか病気が流行した際に囁かれた都市伝説の一種だと思う。

なら、このチンケな噂話はやめておこうか。

寝ましょ、寝ましょ……。

「大体、お化けなんているはずないのにな……それよりもお化けより恐ろしいのは正気を失った人間のほうさ」

そうだよ、お化けなんて只の偶発的に起こる自然現象のこじつけなんだ。

むしろ平然と街中で殺人事件を引き起こす正気を失った人間のほうが恐ろしい。

そうした人間ほど倫理観や正常な判断ができないので無力化するまで延々と殺人を繰り返していくものだ。

地下鉄でテロを起こした世紀末思想に傾倒していた宗教団体や、高層ビルに飛行機で突っ込んだ過激派テロリストとか……。

そうした間違った考え方のみを信じている人間のほうが俺としては恐ろしいよ。

恐怖をもたらすのは死者ではなく心を壊した生者であるってね。

そうした話題が頭の中で浮かんでいるうちに、王太子の部屋のドアがゆっくりと開いた。

25：元ＦＰＳゲーマーの俺に勝てるもんか！！！

何故ドアが開いたんだ？

部屋に灯されている蝋燭の補充はまだ早い。

時間は……午後一〇時過ぎか……。

それでもいつもに比べて三〇分も早いな……。

やって来たのは黒い服を着ている蝋燭交換の人だ。

外で見張っている守衛が開けたということは問題ないということか？

ただ怖い黒い魔女の話を思い出していた最中なので少々不安だ。

ちょっとばかり聞いてみようか。

「ご苦労、蝋燭の交換にしては少し早いのではないかな？」

「……っ?!」

入ってきた相手から何も言葉が返ってこない。

むしろ驚いているような感じだ。

一体どうしたんだこの人は……？

何故か相手の身体震えているし、風邪でも移してしまったのだろうか？

だったら謝らないといけないいな。

「俺のせいで迷惑をかける。ただ貴方のせいではない。全ての責任はこの俺にある……すまなかった」

「あ、ああ……」

ペコリと相手に頭を下げる。

すると相手は大いに動揺してしまっている。

手が震えて何かが床に落ちた。

――ガチャン！！！


金属音のような音だったぞ？

この人……本当に蝋燭を交換する人なのだろうか？

薄暗い部屋の床をよーく見てみると、そこに落ちていたのはダガーであった。

「ちょ、ちょっと君……このダガーは一体どういうことかね？」

「……」

「じ、自衛用の武器にしては嫌に物騒な物を持っているじゃないか……この宮殿で使う機会のない物をなぜ持ち込んできたんだい？」

最初の部分で思わず噛んでしまった。

いや、噛むでしょ。

だって蝋燭じゃなくてダガーを持っていれば誰だって驚くわ。

ダガーを落とした人は、慌ててダガーを拾う。

拾ったダガーをこちらに向けてきた。

ガチャリとダガーが俺に狙いを定める音が鳴る。

「王太子様、お許しください……！！！」

「うわぁっ⁈」

いきなり俺にダガーを持って俺に襲いかかってきた。

先制攻撃をされたが、右手に持っていた君主論の本を咄嗟に前に出した。

君主論の本にダガーが突き刺さり、手のひらにダガーの先端が擦って軽い痛みが襲う。

だけど致命傷じゃない。

幸運にもそれ以上深く刺さることはなかった。

おまけにダガーの進入角度がいけなかったのか、持ち手の部分でパキンと音を立てて折れてしまった。

やったぞ、ダガーを無力化してやったぜ！

本当に君主論の本がなかったら胸をズブリと刺されていたわ……。

「危ない……君主論の本がなければ即死だった……これで君はダガーは使えなくなったわけだ」

「いえ、次で確実にトドメを刺しますわ」

相手は俺を突き出してから、別のダガーを取り出してきた。

それも二本だ!!

二本のダガーを腰から取り出してきたぞ！！！

一本ですらきついのに、二本は反則だぞ！　俺にも一本寄こしてほしい！

予備用として装備していたのかな？

準備に抜かりなくて困ったぞ……。

「なっ、まだ持っていたんか!!」

この人……もしかして刺客じゃね？

いや、絶対そうだ！！！

よく見たら女みたいだ……。

顔つきも中々美人だと思う……。

女の刺客（おまけに美人）とかドラマか映画か？

距離を一旦とってから俺はベッドのシーツを掴んだ。

「でも俺はここでは死ねないのでな……元ＦＰＳゲーマーの俺に勝てるもんか！！！」

「王太子様！！！　お覚悟を！！！」

ＦＰＳゲーマーという言葉に突っ込まれなかったことよりも相手は覚悟を決めて俺を殺そうとしている。

だが、生憎なことに俺はまだ死ぬわけにはいかないのでな。

アントワネットと幸せに暮らすまでは死ねない。

なので俺は生き延びてやる。

まだ自動拳銃が開発されていなくて本当に良かったよ。

もし近代だったら確実に拳銃で撃ち殺されていたな俺は……。

この時代はまだ弾込めをしてから点火するまでに数十秒かかる火縄銃式の拳銃しかないからな。

構えの姿勢を取って心の中タイミングを見計らう。

ステンバーイ……ステンバーイ……今だ！！！

「そぉい！！！」

タイミングを見計らってからかけ声と共に左手で掴んでいたシーツをダガーを持って襲いかかってくる女に投げつける。

「！！？？」

シーツを被ったことで身動きが大きく制限される。

突然シーツを投げつけられた女は混乱している！

「えっ……あっ……み、見えない！」

「これでも喰らえ！！！」

その隙を見逃さずに俺は思いっきりタックルをかましてやった。

某大学で問題になったタックルのように、横から腰にダイレクトに俺は飛びかかった。

女が右手に持っていたダガーは、タックルを受けた際の衝撃で部屋の隅に転がっていく。

両手を押さえつけて女の身動きを封じ込めた。

「きゃぁっ！！！」

「大人しくしろ！！！　守衛！！！　守衛！！！　早く来てくれ！！！　賊が入ったぞ！！！」

「王太子様！！！」

すぐに外で見張りをしていた守衛たちが駆けつけて一緒に女を取り押さえる。

人数比では三対一だ。

大人三人に勝てるわけないだろう。

女性と男性とでは力の差は歴然だ。

ぞろぞろと騒ぎを聞きつけた人々が集まってくる。

守衛の一人が、捕まえた女の顔を見ると驚いた様子で叫んだ。

「お前は……アデライード様の取り巻きの……！！」

「なんだって?!」

「王太子様、この女はアデライード様の取り巻きで有名な女です！！！」

オイオイオイ……。

マジかよ……。

アデライードは舞踏会で大いにやらかしたけどさ、何も俺を殺すことはないだろうが。

というか確実に越えてはならない一線を越えてしまったな。

縄で縛りあげた女はアデライードの取り巻きであった。

確かに、舞踏会でもアデライードの傍にいた女だ。

これでアデライードの運命は決した。

王太子である俺を襲ったんだ。

アデライードは良くて廃れた城か要塞で幽閉、悪ければそのまま流刑か非公開の処刑だな。

アデライードの取り巻きが起こしたとなればさすがの国王陛下も許さないだろう。

ただ、取り巻きの女が口にした言葉で事態はより一層マズイ事態に陥っていることが明らかになる。

「もう終わりよ！！！　貴方も国王陛下も……！！！　アデライード様は完全に正気を失ってしまっ

たわ！！！　もう彼女を止める手立てはないのよ！！！」

「……それはどういう意味だ？」

「そのままよ！！！　もうじき国王陛下が崩御なさいますわ！！！」

国王陛下崩御だと?!

それってつまり、本命は国王陛下ってことかよ！！！

マズイ、このままじゃ国王陛下が殺されてしまう！！！

「！！！　急いで国王陛下のもとに向かうぞ！！！　この付近にいる警備の者と廊下にいる守衛を全部かき集めろ！！！」

「はい！！！」

「……と、その前にアントワネットの所にすぐに行って安否を確認するぞ！！！　彼女の所にも刺客が送られたら厄介だ！！！　そこの守衛、名前は？」

「はっ、ダニエル伍長であります！」

「よしダニエル伍長、君は大急ぎで国王の寝室に向かってくれ！！！　〝王太子が襲撃された!!〟と大声で叫びながら国王陛下の寝室まで走って行ってくれ！！！　君の行動に国王陛下の命運がかかっている。すぐに国王陛下にも今起こったことをありのまま伝えてくれ!!」

「はっ！！！　王太子殿下のご命令、ただちにお伝えいたします！！！」

「この女を牢に連行しろ！　残りの者は私に続け！！！」

「「はい！！！」」

やべぇよやべぇよ……。

完全に叔母上が狂ってしまったようだ。

甘く見過ぎていたわ……。

こんなことをしでかしてしまうなんてな……。

想定外だ。

俺は着替えもしないまま、大急ぎでアントワネットの所に走っていった。

26：国王不予

アントワネットが休んでいる部屋の前にいた守衛にドアを開けるように命じた。

守衛も先ほどの騒ぎを聞きつけていたらしく、すぐにドアを開いてくれた。

休んでいるアントワネットには申し訳ないが一緒に来てもらう。

一人にしておいて刺客にでも襲われたりでもしたらもっとヤバイからな。

「アントワネット！！！　休んでいるところすまない！！！　一緒に来てくれ！！！」

「……オーギュスト様！！！　どうかなさいましたか?!」

「アデライードたちが暴走した。さっき襲われたんだ！　ここにいては危険だからすぐに一緒に来てくれ！！！」

「！！！！　……ただ今すぐに！！！」

アントワネットは横になっていたベッドから飛び起きてくれた。

そりゃ暗殺されそうになったから急いで来いと言われたら誰だって来るだろう。

パジャマのままではいろいろとアレなので、隣で待機していた侍女さんから羽織ものをかけてもらってから国王陛下の寝室に急いで守衛を引き連れて向かう。

その数ざっと一〇名前後だ。

俺の周囲を取り囲むように護衛してくれているのは有り難い。

国王陛下の寝室まで約七〇メートル前後だろうか……。

嫌に廊下が長く感じる。

そこまで大きくないはずなんだよなヴェルサイユ宮殿って。

大体王室が過ごしていたり、行事などを行っている主家は日本の公立小学校程度の大きさだ。

全力ダッシュで行けば三〇秒ぐらいで往復可能だ。

畜生、アデライードめ！

本当にシャレにならないことをしやがって！！！

いくら俺や国王陛下が憎くてもやっちゃいけないラインを考えろ！！！

国王陛下が本気殺害(ガチコロ)でもされたら国内情勢がより一層不安定化してしまうわ！！！

あぁ～もう最悪だ。

「きゃあああああ！！！！」

「国王陛下！！！　国王陛下！！！」

国王陛下の寝室に向かっていると聞きたくない悲鳴が聞こえてきた。

声の主は誰だろうか……。

でも最悪なことになっているのは間違いないようだ。

走って国王陛下の寝室に着いた時、既に寝室前には人だかりができていた。

「そこを通してくれ！！！」

「王太子殿下！！！」

「国王陛下は無事か⁈」

「アデライード様が……アデライード様が……」

使用人が恐る恐る震えた様子で寝室を指さした。

その先で女が取り押さえられていた。

既に守衛に取り押さえられているのは、髪の毛を振り乱していたアデライードだ。

悲鳴のように何かを叫んでいる。

「この女があああああ！！！！　父上をおおおおおお！！！！！　ぎゃあああああああああああ！！！！」

「アデライード様！！！　誰か！！！　医者を！！！　主治医をすぐに呼んで来い！！！！」

「アデライード様がご乱心なされた！！！！　誰か、足を押さえてくれ！！！！」

「いぎゃあああああああ！！！！　離せえええええええ！！！　離せえええええええ！！！！

あいつを殺せえええええええ！！！！」

アデライードの両目は真っ赤に充血しており、もはや精神錯乱状態だ。

とてもじゃないがまともじゃない。

狂気に憑りつかれている。

その様子を見たアントワネットが震えている。

俺もこの身体に転生してから一番最悪の事態が引き起こされたことを認識して膝が震えで止まらない。

「お、お、オーギュスト様……」

「アントワネット、怖いのは俺も一緒さ……でも君はここにいてくれ、この部屋の中では想像を絶するほどの狂気で満たされている……俺が中の様子を見てくる……絶対に中に入ってはいけないよ……侍女さん、アントワネットを頼みます」

「は、はい……王太子殿下……」

震えているアントワネットを一回抱きしめてから侍女さんに彼女を預ける。

一歩、また一歩国王陛下の寝室に足を踏み入れた。

王の寝室……。

部屋に踏み入れた途端に、ここは想像を絶する地獄であったことを再認識した。

寝室としては寝ることすらできないような黄金などで装飾が施された部屋が血に染まっていた。

唐紅……。

ルイ15世が愛妾デュ・バリー夫人と夜の営みを繰り返し行っていたカーテンとベッドは所々刃物

で切り付けられた痕が残っている。

そして血が沢山噴き出すように付着していた。

「おぉ……オーギュストか……こちらに来てくれ……」

「こ、国王陛下………！」

呼吸を苦しそうに俺に声をかけているのはルイ15世だった。

彼の脇腹には刃物で切りつけられて出血していた。

守衛によってタオルで応急手当として圧迫止血が施されている真っ最中であった。

丁度ご同衾をしている最中だったこともあってか、彼の服装はパンツ以外何も身につけていない状態だ。

服を着ていればもう少し怪我を抑えられたのかもしれない。

「お前は……無事か？」

「はい、先程叔母上の取り巻きの一人に襲撃こそされましたが……なんとか取り押さえました……」

「良かった……お前までやられてしまっては元も子もないからな……無事で良かった……」

「……デュ・バリー夫人は……？」

「……余を守って……そこにおる」

デュ・バリー夫人は床に横たわっていた。

服を身につけていない彼女を覆うようにタオルがかけられているが、そこから多くの刺傷があるのだろう、大量に血が流れていた。

乱心したアデライードから国王陛下を守るために、愛妾としてその身と引き換えに使命を全うしたのだ。

懸命に守衛が手当てをしているが、流れ出る血の量からして恐らく助からないだろう。

「余は全くの愚か者よ……政治や経済すら上手く回せないうえに……実の娘に刺されるとはな、愚か者以外の何者でもない」

「国王陛下……」

「オーギュスト、余はお前に大命を任せる」

「大命？」

このタイミングで大命を受けるのはどう見てもアカンやつだ。

もしかしたらルイ15世は自分が助からないと思っているのかもしれない。

「余は負傷した。そして傷も決して浅くはない……余は傷を受けてその傷が元で国王の任を続けることが難しい……よって、一時的にお前が国王代理として国の任を任せる」

「なっ……?!」

……まじかよ。

このタイミングでするのか?!

デュ・バリー夫人は心臓が停止しており、ルイ15世もかなりの重傷だ。

仮に助かったとしても後遺症が残るかもしれない。

……いや、待て待て待て！！！

今一七七〇年だぞ⁈

まだ俺の年齢は一五歳だ！！！

史実だと一七七四年に天然痘で死去したルイ15世の代わりに即位したけど、その時は一九歳だったはず。

つまり四年ほど早い世代交代というわけか！

……。

……本当に冗談はよしてくれ（懇願）。

将来に向けてT機関の設立準備とかはしていたけどさ、まだ完全に国王としての下地は出来上がっていないんだぞ！

途中経過の報告こそ受け取っていたけど工程の半分がようやく終わった感じだ。

つまりあれか、国王代理とはいえ口調からして「一時的とはいえ、もしかしたら死ぬかもしれないから国王として仕事任せるわ！」ってことじゃないですかやだー‼

でも、このまま立ち止まっているわけにもいかない。

ここで何もできずに、あたふたしていたら王室としての品性を疑うとか言われそうだ。

国王代理とはいえ、一時的に国王としての権限を扱えるならその間にやるべきことをすればいい。

えぇい！！！　やるだけやってやるさ！！！

「分かりました……まだ政治に関しては未熟者ではありますが、国王陛下の命に従い精一杯務めさせていただきます」

「……うむ！　……頼んだぞ……」

俺は謹んでルイ15世の国王代理として任に就くことを承諾したのであった。

でも本当のことを言えば、内心泣きそうだった。

政界・財界の問題が山積みの状態でやらなければならないからね……。

そう簡単に物事が上手く行くはずないか……。

27：七月一日

「国王陛下！！！　すぐに治療いたします！！！」

「早く非番の者も駆けつけてくるように命じろ！！！　これは重傷だ！！！」

「夫人は……残念だが……」

主治医たちが駆けつけてルイ15世へ治療を行う。

大量に血が飛び散っている寝室は唐紅に飾られている。

ここはB級スプラッター映画並にひどい場所になってしまった。

祖父は懸命に主治医たちが治療を行っているので、もしかしたら助かるかもしれない。

今後の回復力に期待するしかない。

ただ、デュ・バリー夫人はどうあがいても助からないだろう。

先程からずっと目が見開いたままで光がない。

もう彼女は亡くなっている。

せっかくアントワネットと良好な関係を築けた矢先にコレだ。

デュ・バリー夫人……貴方は俺が思っていたよりもいい人だった。

なぜいい人ほど早く死んでしまうのだろうか……。

世の中というのは理不尽なことが多すぎる。

「やるしかないよなぁ……」

そう、やるしかないのだ。

国王陛下代理として！

五次元ポケットがあったら入りたい。

ここまでカオス化しろと誰が頼んだ！！！

アデライードがここまでおかしくなるなんて思いもしなかった。

アレか？

歴史の修正力ってやつか？

それともアントワネットと和解させた結果こうなったのか？

白衣を着たマッドサイエンティストが介入でもしたのか？

だとしたらこのようなストーリーの道筋を立てた奴は相当ヒデェ思考回路をしているようだ。

……ここまでひどくなったのなら、これから先は俺のやりたいようにやればいい。

周囲にいる人間も、俺が国王代理として一時的に代表となることを承認している。

やってやろうじゃないか!!

「王太子殿下!!!」

「殿下!!! ご指示を!!!」

「殿下!!!」

うーん、俺は人気者だなぁ……(白目)。

ってちょっと待て!

一人ずつ話して頂戴!

俺は聖徳太子みたいに一度に一〇人の話を聞けるほど万能じゃないんだ!

一斉に話しかけられたらパニックになってしまうわ!

俺は一人ずつ話すように言ってから、それぞれ指示を出した。

「ちょっとみんな待ってくれ、一人ずつ話してくれ……」

「はっ、アデライード様の部屋からヴィクトワール様ら数名の女性が縄で縛られているのを発見しました! 既に守衛が取り押さえておりますが……」

「アデライードの詳しい情報を知っている可能性が高い。自殺しないように兵士を二名で見張りながら部屋に軟禁状態にしておきなさい。それからアデライード派の貴族や高官を一人残らず拘束しなさい。彼らには後で詳しい話を聞きに行きます」

「他の貴族の方にはどのように説明すれば……」

「まず国王陛下が負傷なされた。生きてはいるが重傷であり現在調査中だと伝えなさい。詳細が分かり次第報告すると伝えなさい」

「警備体制はいかがいたしますか？」

「ヴェルサイユ宮殿の外にいるスイスの傭兵に対して門を閉めるように伝えなさい。緊急事態につき、私の命で行っていると言えば指示に従うはずです」

まずやるべきことはアデライードがなぜこのような暴挙に出たのか理解することだ。

憶測だけでは事態が解明できない。

アデライードの妹であるヴィクトワールは部屋で縛られていたらしいけど……なぜ縛られていたんだ？

それに貴族連中が騒ぎ出して事態を拡大してしまうのは防ぎたい。

緘口令を出してヴェルサイユ宮殿の警備を厳重にしよう。

あと、只の案山子で有名なスイス兵にも活躍してもらうぞ。

ちゃんと命令を出しておけば彼らは忠実に守っていてくれるからな。

「それとだ……この王の寝室の前にいる者たちは鏡の間で待機してもらいましょう。事態が解明次第、俺が口頭で説明いたします。守衛隊長、こちらの人たちを鏡の間に誘導してくれ」

「ハッ、ただちに！！！」

守衛隊長が中心となって寝室前に集まっている人々を鏡の間に誘導していく。

大勢の人が駆けつけてきたので、椅子などが足りなくなるだろう。

そこら辺から椅子を持ってくるように伝えると、俺はアントワネットに声をかけた。

アントワネットはまだ震えていた。

侍女がアントワネットを慰めていたほどだ。

アントワネットは俺が寝室から出てくると駆けつけてきて震えながらギューッと抱きしめてきた。

「オーギュスト様……オーギュスト様……!!」

「大丈夫だよアントワネット、俺は無事だよ……」

「一体……一体国王陛下のご寝室で何があったのですか?」

「……それはここでは言えない。ただ、事態は流動的にかつ重苦しい状態に置かれていることだけは理解してほしい」

つまるところ最悪のシナリオになっているということだ。

まだ俺は一五歳、このまま国王陛下が死去でもしたら史実より四歳も早く国王の座に就いてしまうということだ。

ある程度は君主論とかでノウハウこそ学んだが、これは歴史ゲームじゃなくて現実で起こっているんだ。

一歩でも間違った対応をしてしまえばそれだけで信用をなくしてしまう危険性をはらんでいるのだ。

コンピューターみたいにインターフェース化されていれば逐一情報を入手できるがそうはいかない。

なんと言ってもまだ紙媒体や口頭による情報伝達手段しか持ち合わせていないんだ。

狼煙とか旗振り信号とかは登場しているけど、それを理解できるのはごく一部の人たちだけ。

情報を理解し、それを活用している者が世界を制する。

だから、今この場でアントワネットにできることは、彼女を落ち着かせて待機してもらうことだけだ。

できれば一緒にいたい。

それは俺も同じ気持ちだ。

だけど俺は国王陛下代理として行動しなければならない。

立ち止まって時間を浪費していてはいけないんだ。

「アントワネット、辛い気持ちなのは俺も同じだ。だけど今は君も他の人と一緒に鏡の間に行くんだ。俺から皆に起こったことをあと数十分で説明しなければならないからね、そのために情報収集が必要なんだ」

「は、はい……分かっておりますわ」

「大丈夫だよアントワネット……守衛や侍女さんが君を守ってくれる。それにあと数十分で説明が終われば一緒にいられるよ。だからそれまで辛抱していてほしい」

アントワネットはこくりと頷くと、侍女さんと一緒に鏡の間に向かって行った。

守衛を数名彼女の護衛に就かせている。

本来ならその分の人数を割り振りたいのは山々だが、仮にも王太子妃だ。

何かあったらオーストリアとの間で取り返しのつかないことが起こる可能性もある。

そうならないために最善の策を打っておく必要がある。

「さてと……それじゃあヴィクトワールの所に行って事情を聞きに行くとしよう。アデライードは正気を失っているからな……多分話にならないだろう」

暴れていたアデライードは猿轡を填められて守衛に押さえつけられている。

彼女は他の使用人たちから見られないように別通路を利用して一時的に牢に収監されるだろう。

正気に戻ってくれればいいがな……。

まぁ、もうすでに暴挙を働いてしまっている時点で人生が詰みだがね。

時計がボーン、ボーンと音を立てて鳴り出している。

日付が変わって七月一日になったようだ。

駆けつけた非番の随行員や守衛を引き連れて、俺は詳しい事情を知っているであろうヴィクトワールの所に向かうのであった。

28：王娘達の晩餐会

アデライードの部屋にたどり着くと、その部屋にいた数名の女性たちが涙を流していた。

皆暴走しないように縄で縛られているので、さぞ動きにくいだろう。

その中の一人、ヴィクトワールに話を聞きにやって来たのだ。

随分と疲弊しているようにも見える。

「叔母上……」

「オーギュスト……もうおしまいよ！！！　私は……お姉様を止めることができなかった……」

「……詳しく話を聞かせてもらいたい。なぜアデライード様があのようなことをしでかしたのかを……」

「それは貴方たちのせいでしょう？　お父様や愛妾……そしてアントワネット妃と共謀して私たちを追い詰めたのは！！！」

ヴィクトワールは怒りを露わにするも、その経緯を説明してくれた。

良かった、まだ理性はあるようだ。

ヴィクトワールが語ったのは、アデライード派によるデュ・バリー夫人への妨害行為が尽く失敗に終わり、アントワネット妃をアデライード派に加わえることができなかった経緯であった。

「あの愛妾はね……国王陛下をたぶらかしていたのは事実よ！　身分は貧民なのよ？　貧民は貧民らしく暮らしていれば良かったのよ！　それなのに、その美貌を武器にあれよあれよという間に国王陛下の傍に近寄ってきたのよ！！！　ポンパドゥール夫人のほうが遥かにマシだったわ！！！」

ポンパドゥール夫人とは、ルイ15世を影で支えた愛妾として知られている。

賢明でアデライードたちとも仲は表面上は良好だったので問題なかった。

だが、新たに愛妾として迎えられたデュ・バリー夫人が入ってきたことで愛妾との対立が決定的なものとなり、宮殿内における政治はアデライード派とデュ・バリー夫人派の二分することになる。

そして、アントワネットがやって来たことでアデライード派に迎え入れるはずであった。

……が、未来から転生した俺がこれを見事に阻止した。

アデライード派に巻きこまれたらたまったもんじゃない。

アントワネットと共に勉学を学び、共に食事を作り、共に睡眠を取る生活をしたのだ。

そうした結果、アントワネットはアデライード派に抱え込まれることがなかったのだ。

おまけに舞踏会での大失態を切っかけにアデライード派から離脱する貴族や商人が続出した。

やがてアデライード派は宮殿内における勢力をごっそりと減らされたのだ。

「もう時間がなかったのよ……このままでは私たちは破滅してしまうってね……お姉様は貴方の部屋に国王陛下とデュ・バリー夫人がやって来たという報告を受けて、ついに精神がおかしくなったわ。お姉様は国王陛下、デュ・バリー夫人、そして貴方を殺してルイ・スタニスラスを国王に任命しようとしたのよ」

「つまり、叔母上たちはそれをただ黙って見ていたと?」

「そんなわけないじゃない！！！　いくらなんでも貴方や国王陛下、それに夫人を殺害しようとするなんて馬鹿げていると言ったわ！！！　でもお姉様にはその声は届いていなかったわ……私たちはお姉様の命令で手首を縄で縛られたのよ」

アデライードは最も剣術ができるであろう取り巻きの女に命じてヴィクトワールらを縛り上げたようだ。

それで女には俺を、アデライード自身の手で国王陛下とデュ・バリー夫人を殺そうとしたらしい。

しかしなんでそんな危ない奴をやすやすと寝室に侵入させてしまったんだ？

「しかし、なぜそれでいてアデライード様が寝室に入ることができたのですか？　叔母上は何か知っているのですか？」

「……お姉様はお腹に枕を入れて縛ってからこう言ったわ。〝寝室の前にいる守衛にはお腹に赤子を身籠ったので国王陛下に相談したい。……と言えば開けてくれるわ〟……とね」

ああ、確かにそれだと一大事だもんな。

守衛も夜遅くに国王陛下の娘が妊娠しちゃったなんて聞いたら驚くだろうし、何よりも国王陛下もずっと結婚もしていない娘が突然妊娠したという報を聞けば焦るだろう。

どこの誰が孕ませたのかと……。

ドアを開けてしまった、いや守衛に開かせたに違いない。

それであの惨劇が起きたってわけか……。

「ねぇオーギュスト、私は処刑されるのかしら？」

「……少なくとも証言などを積極的にすれば良くて城か修道院に幽閉されるでしょうな。ただ、叔母上はこれ以上贅沢な暮らしとは無縁の生活になるでしょう」

「……そう、もう私はおしまいなのね……」

「……叔母上、あなた方を国王陛下暗殺未遂事件の共謀者として連行いたします。詳しい話はそこでなさってください。守衛、彼女らの連行を頼んだ」

「はっ！！！」

ヴィクトワールや精神的に撃沈してしまって呆然としているソフィーは顔をうつむいたまま、他の侍女たちや取り巻きと共に連行されていった。

また、現在ヴェルサイユ宮殿内にいるアデライード派に属する貴族や政府高官などを一時的に拘束するように指示を出している。

アデライード派の運命は今日で終わったんだ。

仮にこの計画がアデライード派全てが理解していたのなら国家転覆罪と反乱罪、アデライードが独断でやったとしてもヴィクトワールたちは責任を負うことになるだろう。

積極的自白を行えば幽閉で済む。

だが最愛の愛妾を失ったルイ15世はそれで許すのだろうか？

やるせない気持ちがモヤモヤと心の中に響き渡る中、俺は再び鏡の間に戻ってきたのであった。

29：鏡の間司令部

午前五時二二分。


ヴェルサイユ宮殿は朝早くから慌ただしい空気に包まれている。

それもそのはず、アデライードが乱心して国王陛下不予、愛妾デュ・バリー夫人死亡、そして俺も襲われたんだ。

まさに国の重鎮がいきなり襲われたらそうなるわ。

とにかく慌ただしくて人が右往左往している。

「アデライード派の者は全て捕らえたか?!」

「所在不明の者を除いてヴェルサイユ宮殿やその周辺にいた者は捕らえました！」

「王室の方々にはお伝えしたか?!」

「既に遠方にいる御方にも馬を使って第一報を知らせているところでございます!!」

「別室で待機している人たちはどうだ？」

「はっ、皆様休まれております」

「そうか……彼らには簡単な軽食を出しておいてほしい」

俺は今、事実上の国家の最高責任者としての任を全うしている最中だ。

王の寝室はスプラッター映画さながらの惨事なので捜査班と現在懸命にルイ15世を治療している主治医たちを除いて部屋は封鎖状態だ。

そんでもってヴェルサイユ宮殿内にある鏡の間を臨時の司令室代わりとして活用しているというわけ。

椅子と机を持ってきてデスクワークだ。

アデライード派のリストなどを持ってくるように指示を出したり、国内で大規模な反乱が起きないように軍に待機命令を出したりと大忙しだ。

鏡の間にいた人たちの中で、アデライード派ないしは彼女たちに仕えたことのある人物数名を連行したけどね。

事が事だけにやむを得ないんだよなぁ。

鏡の間で俺はヴィクトワールからの証言を基に説明したんだよ。

『アデライードが乱心して俺、ルイ15世、デュ・バリー夫人を殺害しようとした。俺は無事だったが国王陛下が重傷、デュ・バリー夫人がお亡くなりになった』とね。

その説明をしたらあちこちで悲鳴や驚きの声が聞かれたよ。

なんでそんなことになったんだって。

俺が聞きたいぐらいだよ……。

とにかく、これではっきりした。

本格的な警備体制の強化をしなきゃならんと心の底で思っていた。

一応、フランスには国家憲兵隊（ジャンダルムリ）がこの時代にも存在している。

……が、あくまでも貴族とかお偉いさん方の逮捕などは国王陛下の命でないとできないし、何かと大貴族に対しては及び腰なんだよなぁ……。

貴族や大僧侶とか特権者階級による犯罪の取締組織か……。

ゆくゆくは国土管理局の管轄下に置いておくか、いや国王代理の権限で即日中に組織の設立準備を始めよう。

この機に乗じて革命の火の粉が舞い上がって火災にでもなったら一大事だ。

鏡の間はまさに戦場のど真ん中にいるような雰囲気だ。

鏡の間の中は人々が行き交い、そして書類や物などが運び込まれていく。

ここに運ばれてくるのはアデライード派が所持していた武器類だ。

短剣に槍、さらにマスケット銃などが押収された。

その数大小合わせて九〇個以上。

これはあくまでもヴェルサイユ宮殿周辺で捜索して見つかった量である。

郊外などで探せばもっと出てくるだろう。

現代に持って帰ればコレクターズアイテムとして高値で取引されそうだ。

「オーギュスト様、お菓子とホットティーを用意いたしました」

デスクワークをしているとアントワネットがお盆でお茶と焼き菓子を持ってきてくれた。

何か自分にも手伝えることはないかと尋ねてきたので、彼女にできる仕事を割り振っておいたんだ。

彼女の熱い眼差しを向けられたら拒否はできぬのだ。

安全を確保したうえで他の人たちにもお菓子などを振る舞っているそうだ。

う～ん、それにしても仕事中にその甘い匂いは飯テロですね分かります。

「ありがとうアントワネット、このお菓子は……」

「はい、パウンドケーキです。侍女さんと一緒に作りました」

「マジか！！！」

思わず叫んでしまった。

アントワネットの作ってくれたパウンドケーキ！！！

この時代のパウンドケーキって手間とか凄くかかっているから普通のケーキやパンに比べてべらぼうに高かったような気がする。

どうやら俺が寝込んでいた昨日のうちに作ってくれたそうな……。

というわけでアントワネットが作ってくれたパウンドケーキを味わって食べることになる。

朝早くから問題が起きて頭の中の糖分が不足していたところだ。

アントワネットが作ってくれたパウンドケーキを頂くことにした。

ふんわりとした食感と甘みが増したパンを食べたお陰で頭の中がスッキリしていく。

「どれどれ……うん、ふっくらしていて美味しい！！！　砂糖と濃厚なバターの香りが最高だ！！！」

「本当ですか！　お口に合って何よりです！」

「ありがとうアントワネット、紅茶のほうも美味しいよ！　淹れ方が上手くなったね」

アントワネットの作ったパウンドケーキは文句なしの満点だった。

こんな非常時以外だったらゆっくりと食べられたかもしれないが、ささっと胃の中にぶち込んで腹の中を満たす。

こんな状況下でもアントワネットが彼女なりに役に立ちたいという一心で動いているのは嬉しかった。

彼女の焼いてくれたパウンドケーキは本当に身に染みて涙が出てきそうになる。

俺はアントワネットに改めてお礼を言ってから作業に戻る。

この事態を切り抜けたらまたお菓子作りを一緒にやろう。

そう思いながら国王陛下代理としての責務を全うするのであった。

30：カフェ会議

西暦一七七〇年七月三日

フランス王国　パリ

『国王陛下不予！！！　王太子殿下が国王としての任を務める！！！』

『突き付けられた短剣、国王陛下重傷』

『ヴェルサイユ宮殿に赤い雨が降り注ぐ、デュ・バリー夫人暗殺される』

これはパリ市内の至る所で撒かれた新聞の見出しだ。

パリ市内もこの話題がトップニュースとして連日報道されている。

国民からしてみれば政治的安定を望んでいるご時世であるのに、国王が実の娘に暗殺されかけたというのだから話題にならないはずがない。

直ぐに王太子であるオーギュストが一時的に国王代理として国の任を請け負うことになったのだ。

巷ではヴェルサイユの赤い雨事件と呼ばれているほどであった。

パリ市内のあちこちのカフェではそこそこ裕福な第三身分者（平民）の人たちが集まってこの話題を口々にしていた。

カフェ側としては大繁盛していて構わないのだが、第三身分者たちにとって使用人や随行員などを大事にしているというオーギュストの噂を聞いているので、彼が国王代理として務められるかどうかの議論へと発展していった。

「王太子殿下が国王代理として委任されたようだが……王太子殿下はまだ一五歳だぞ?! ちゃんとできるのだろうか? 俺としては心配だよ。年齢的に幼すぎる……せめて歳があと二歳から四歳あれば……」

「おいおい、少なくとも周りの貴族や王室関係者がサポートしてくれるからそこまで問題ないのではないんじゃないか?」

「だってアデライード様が乱心して国王陛下を殺そうとしたんだぞ!! ヴェルサイユは大混乱だったと聞く。いずれ政変にでもなれば内戦になるんじゃないかな……」

「内戦だって……? そんなことになればパリはどうなるんだ?」

「だからまだそうなると決まったわけじゃないだろ! 間違った考えを真に受けたらパニックになるぞ!!」

パリ市民としては貧困層への食料の停止や、政治的不安定化による金融恐慌を恐れていた。

既にルイ15世の統治下では債務不履行(デフォルト)を起こして経済を暴落させたことが度々あった。

そうしたこともあって多くの投資家がフランスの債券を買うのを渋るぐらいに信用されていなかったのだ。

暗い話なら余るほどある。

代わりに都市部の市民が知りたがっていたのは政治情勢がどうなっているのかであった。

「……で、聞くがヴェルサイユでは今どうなっているのだ……お前は知っているか？」

「いや、国王陛下不予と王太子様が代理を務めるということしか知らん。誰か中の様子を知っている者はいるか？」

「……俺の甥がヴェルサイユ宮殿で働いているから今日入りたての新鮮な情報を持っているぞ」

「なんだと⁈　詳しく話してくれ！！！」

「お、俺にも！！！」

自身の甥がヴェルサイユ宮殿で働いているという男の周りを数十人の男たちが取り囲んだ。

テーブルをくっ付けてまで話を聞こうとしている。

その光景を見ていたカフェの店員だけでなく店長も思わず聞き入ってしまうほどであった。

それだけヴェルサイユ宮殿の話題は人々の注目を集めているのだ。

「それで……甥っ子さんはヴェルサイユ宮殿のどこで働いているんだ？」

「厨房係さ、そこで第三料理班長として毎日宮殿で王室や貴族の方々へ料理を提供しているよ。主にデザート類を作るのが専門だがね。とにかく昨日はすさまじかったそうだ」

「事件があったからか？」

「それもあるが、オーギュスト王太子殿下が指揮を取って的確に事態の収拾に向けて動いていたそうだ。なんでも厨房にわざわざ赴いて〝これから暫くの間、鏡の間で大勢の人と食事をすることになりますので田舎料理でもいいのでとにかく量が多い料理を出してほしい〟と注文してきたそうだぞ」

「量が多い料理……？　それはどういうことだ？」

「鏡の間で大勢の人たちと作業しているのさ。そこで王太子殿下は身分関係なく同じ料理を召し上がっているのだそうだ。つまり一度に沢山の人たちが食べられる分用意してほしいのだと」

オーギュストは使用人や随行員だけでなく、守衛や憲兵たちにも同じ料理を出すように振る舞ったのだ。

そのため宮殿内では急遽大量の食料が必要になり、買い出しの者たちが大忙しだったのだという。男の甥もその中の一人だ。

振る舞う料理などを予め身分別に振り分けていたのだが、それができなかった。

宮廷料理人としては豪華絢爛で贅沢尽くしな高級食材だけの料理を作っていただけに、オーギュストの注文は大きな衝撃でもあった。

だが同時に、危機的状況下に置かれていることを理解した料理人たちは温かく、そして一度に沢山作れて大勢の人が食べられるように、胡椒をまぶした牛肉を煮込んだビーフシチューを身分関係なく平等に振る舞ったのだそうだ。

今回の事件もあってか守衛は人員を総動員して厳戒態勢にあたっている。

この話の裏側では守衛が厨房で監視を行い、毒物混入がないか製造過程で何人かの毒味係によるチェックが欠かさずに行われていた。

製造過程で毒見を行い、検査して問題がない場合にのみ料理が提供されるようになっているという。

もちろん、そうした人物こそ現れなかったが毒味係は今度こそ王太子様の身に何かあったら各自に首が飛んでしまうことを恐れて慎重に、かつ仕事に抜かりなく励むようになっていたのだ。

「王太子殿下は立派な人だよ、自分だけ特別扱いではなくみんなで食べれる料理を出すように注文したんだぞ？　こんな非常時でも王室に限っては特別扱いで別の料理を出すのが普通らしいが、王太子殿下は身分関係なく同じ大鍋で作られたシチューを召し上がったんだ」

「なんと……そんなことがあったんですか」

「甥っ子曰く……王太子殿下は時々アントワネット妃と共に厨房にやってきてデザートを一緒に作っているそうだ。少なくとも厨房では穏やかに接しているそうだ」

「確か王太子殿下はアントワネット妃とヴェルサイユ宮殿の中庭でピクニックを楽しんでおられると聞いたことがあるぞ。そこで自分たちで作った軽食を持ってきて食べているとか……」

「その噂は事実だ。この間はイングランド風のクッキーを焼いていたらしいぞ」

「なんと！！！　その話も是非！！！」


元は転生者であるオーギュストがアントワネットと幸せに暮らしたいがために始めたお菓子作り、それがこうした意外な形で外でも評判になっていった。

王太子の性格と行動が第三身分の人々にとっては理想の夫や優しい男性像に見えたのだろう。

そして何よりも不安だった人々に対してオーギュストが行ったのは、フランス全土の新聞社に投書を行って記事をなるべく目立つ場所に記載してほしいというものであった。

「おい！　さっき到着した夕刊に王太子様の書いた記事が載っているぞ！」

「本当か⁉　見せてくれ‼」

「えっと……『この度宮殿内での事件によってフランス国民に不安を与えてしまい、王室の一員として深く謝罪したい。事件の解決に向けて王太子である私が責任を持って国民の皆様に納得できるように事件の全貌を明らかにし、今後の再発防止に向けた努力を進めていく所存です　ルイ・オーギュストより』……お、王太子様が謝罪文を出すとは……」

オーギュストが新聞の文面で行ったのは謝罪と再発防止の提示であった。

事件の発端であるアデライードが凶行に及んだこと。

またヴェルサイユ宮殿でのセキュリティ対策が不十分であったことなどを挙げて、これらへの対策を即座に行うというものであった。

「思っていたよりも王太子殿下は人々のことを考えているのですね……」

「ああ、王太子殿下ならきっと大丈夫だろう」

「しっかり者だし、おまけに正直者とはねぇ……」

国民の意見に応えるようにオーギュストは、一連の事件の影響を受けて宮殿内の立ち入り禁止区画や持ち物検査などを実施すると共に、宮殿内における人員整理や閣僚の調整などを急ピッチで行った。

そして国民に向けたメッセージを事件発生の二日後から毎日フランス全土に送り、ヴェルサイユ内における情勢を書き記したうえで事態が沈静化するように具体策を提示しながら改善状況などを書き連ねた。

その後はパリ以外の都市にも情報が流れていき、オーギュストの評価は上々で国王代理としても十分に活躍できるだろうという意見が占めるようになった。

　さらにオーギュストは使える人材をフルに活用して事の収拾を全力で行い、報道関係者に根回しを行った結果、新聞各社はオーギュストの行動を称賛したうえで王太子なら大丈夫だろうという風潮が生まれていく。

　ヴェルサイユやパリ周辺、そして地方都市を含めて一連の騒動は二週間ほどで鎮静化へと向かっていったのであった。

ブルボンの改革

３１：終焉と再生

西暦一七七〇年七月二〇日

ようやく徹夜続きの日々が終わった……。

時刻は午前八時三〇分、久しぶりに七時間も睡眠することができた。

ここ最近は午前三時頃まで起きているのがザラにあった。

一五歳にして肉体的疲労が既にピークに達していそうだ。

朝食を食べているけど、ここ最近はアントワネットと一緒に飲むホットミルクが胃に染み渡るぜ……。

国王代理として任についてから早三週間が経過した。

状況は少しずつだが改善し、なんとか国内における情勢不安の心配は乗り切った。

宮殿内であってはならない事件が起こったので、真っ先に守衛や傭兵そしてヴェルサイユを担当している憲兵隊の大改革をトップスピードで行った。

主な改革としては人員整理と来客の荷物チェック、警備管理などのマニュアル作成を一斉に行い、問題が起こった時は先延ばしにせずにすぐに上に報告するようにした。

これも本来だったらルイ１５世とかがやるべきだったんだけどなぁ……。

俺が前から問題にしていた警備の穴を先延ばしにされた結果がこれだよ！！！

自分でももっと気を付けるべきだった。

というか強く粘るべきだったと後悔している。

思っていた以上に事態が流動的だったのがいけなかった。

いくらアデライードでも暗殺まではしないだろうと思っていた矢先にコレだ。

想定が甘すぎたのだ。

こればかりは自分の不手際だったと言える。

俺だけでなくアントワネットまで危険な目に遭わせてしまったわけだからね。

安全のためにアントワネットを故郷のウィーンに帰郷させようか本気で悩んだほどだ。

アントワネットとオーストリア大使と長時間相談したんだが、アントワネット本人が俺と一緒にいたいと言っていたから留まることになった。

最初は俺と大使さんの二人で説得したんだけど、アントワネット曰く「オーギュスト様が悩んでいる時にお傍にいて力になりたい」と言ってどうしても食い下がっていたんだ。

なので俺と大使さんもアントワネットの熱意に負けてしまったというわけ。

アントワネットのお母さんもさぞ肝が冷えたに違いない。

だからもうこんなことを繰り返さないために改革と改善は絶対にやらないといけない。

アントワネットの命を預かっている以上、これ以上の失態を許せばフランス・オーストリア同盟は破綻してしまう。

なので真っ先に混乱するであろう国内の治安維持に焦点を当てて集中的に問題解決に取り組んだ。

まず、アデライード派は完全に終わった。

国王陛下・王太子暗殺未遂、そして愛妾デュ・バリー夫人の暗殺はフランス国内だけでなく近隣諸国にも大きな衝撃をもたらした。

当然、アデライード派のメンバーや彼女たちと親しかった貴族や聖職者などは真っ先に捜査対象となって憲兵隊に連行してもらったんだ。

ルイ15世と仲の良かった閣僚やヴェルサイユに出入りを繰り返していた商人、さらに地方で大規模な荘園を持っている大貴族など、その数八〇名以上だ。

この中でも直接的にアデライードが暗殺の指示を出していたのを聞いていたヴィクトワールら六名の女性の処分は修道院送りであった。

ヴィクトワールや他の女性、そして俺を暗殺しようとした貴族の娘さんの自白から、アデライードが最も頼りにしていた取り巻きの女性に頼んで縄で縛ったということが分かっている。

そして部屋に突入した守衛からの情報を照らし合わせても彼女たちが自白した証言の信憑性が高いことが分かり、ヴィクトワールは止めようとしたがアデライードの暴走を止めることができなかったことも判明した。

故に事件は突発的に起こり、ヴィクトワールたちは刃物を突き付けられて止めることができず、直接殺人に手を下したわけではなかったので死刑だけは回避された。

ただし、事の重大性を考慮して事件に深く関わっていた女性陣は身分剥奪と領地・資産没収さらにヴィクトワールは王族から絶縁などを経て修道院で一生を過ごすことになったのだ。

修道院の外に出ることは許されず、一生敷地の中で祈りを捧げる日々を過ごすことになる。

これでも暗殺事件を引き起こした関係者の処分としては軽いほうだ。

ちゃんと身体検査をせずに言われるがままドアを開けてしまった門番の守衛二名は懲戒処分及び五年の労働刑となったし、主犯のアデライードは七月八日の朝に国王陛下が、収容先のバスティーユ牢獄において斬首刑を執行するように俺に命じた。

牢獄に収容されてもひたすらに暴れまくり、爪が剥がれるまで壁を殴ったり頭に裂け目ができるほど強打を繰り返すなど、精神科の医師が匙を投げるほどだったからだ。

「余としては、これ以上娘を苦しめずに楽にさせてやりたい。デュ・バリー夫人の葬儀を早く済ませたいからの……最期だけでも父親として情をかけておこう。オーギュスト、アデライードの刑を執行するように頼む」

「分かりました。では即日中に執行いたします」

七月八日の午後三時一五分に非公開による斬首刑が執行されたが、とにかくアデライードは刑を執行する直前まで暴れまくっており、刑を執行するときは両手足を縛りつけた状態で首を切り落としたのだそうだ。

アデライードは最期まで殺害したデュ・バリー夫人へ謝罪の言葉はなく、死の直前まで恨み言を叫んでいたというおぞましい最期であった。

報告書を読んでいて思わず恐怖で背筋が凍る思いだった。

彼女の遺体はパリ市内の小さな墓地にひっそりと埋葬された。

大逆罪を起こした王女は、その身をもって神に罰せられたと報じられて生命に幕を下した。

宿敵、デュ・バリー夫人を殺したアデライードは最後までプライドを捨てきれずに自壊して滅んだ。

後世の歴史家が見たら凄まじいサスペンスドラマの展開だと言われるかもしれない。

一方のデュ・バリー夫人は国王陛下を身を挺して守ったことで正式に名誉爵位が授与され、デュ・バリー伯爵となった。

無論これは形だけのものであり、彼女の身体には無数の刺傷があったことから国葬を行う際には顔だけが出される形となり、景観と死臭を誤魔化すために彼女が好んだ花によって棺は満たされていた。

ヴェルサイユ宮殿から郊外の立派なサン＝ドニ大聖堂へと埋葬されることとなり、国葬には国王を庇って亡くなったこともあってか、多くの女性が参列に訪れていた。

アントワネットもデュ・バリー夫人の国葬に参加したが、アントワネット曰く身分に関係なく愛する人を命を懸けて守った彼女の精神は立派だったと涙ながらに語るほどだった。

また、重傷を負った国王陛下はゲッソリと痩せていた。

さらに腹部を深く切り付けられたこともあってか、足がしびれてしまうなど後遺症も残ってしまった。

まだ喋ったり意思疎通ができてはいるが、主治医たち曰く身体の調子がよろしくないので年を越せるかどうか分からないと言われた。

なので、国王陛下の最後の役割としていろいろと社交辞令や付き合い方などを学ぶために二日に一回は顔を出してベッドの傍に行き、彼の話を聞いているのだ。

ルイ15世が今できることはそのぐらいしかないのだ。

寝込んでいても女性と夜な夜なご同衾をする気力すら、彼には決して残されていない。

それ以外のアデライード派は閑職に追いやられたり人事異動になったりもしたが、主犯格の貴族の娘さん以外は処刑にはならずにすんだ。

俺を殺そうとした貴族の娘さんはフランス南部からやってきた地方貴族の娘さんだったらしく、まだ二二歳だったという。

美人だしネット小説ならここで（エッチなことをする見返りに）許してやろうとなるが、現実はそうはいかない。

なにせ王太子を殺そうとしたんだ。

これぱかりは擁護できず、またアデライードに忠誠を誓ってしまっているので釈放されたら俺が殺される可能性が出てきてしまうのだ。

なので、彼女は非公開処刑を行うことが決定されている。

辱しめを受けないために貴族らしく、最後は本人の希望もあって斬首刑だとか……。

まだギロチンが開発されていないのでゴツイ剣で首をぶった切るらしいが、それでも熟練者が剣を扱わないと一撃で死なないので悲惨なことになるかもしれない。

でも処刑にはベテラン処刑人ことアンリ・サンソン兄貴が執行してくれるみたいなので、苦しまずに刑を執行してくれるだろう。

刑が執行されたら彼女は故郷の墓地に埋葬される手筈となっている。

もし俺が転生しなかったら彼女はアデライードと共に生き延びていたかもしれない。

これは余談だが俺個人としては、史実でアントワネットを破滅に追い込んだ要因をいくつか作ったポリニャック公爵夫人を追い込みたかったができなかった。

というのも、ポリニャック公爵夫人にとって運が良いことにアデライード派とは距離を置いていたのだ。

そのため、アデライード派と接点がほとんどないポリニャック公爵夫人を宮殿から追放することはできなかったのが悔やまれる。

そんでもって国土管理局の設立を本日一一時に宣言する予定だ。

いささか準備不足と言えるかもしれないが、それでもないよりはマシだ。

俺もそうだが、ルイ１５世も守衛も傭兵も閣僚も危機管理ができていなかった。

その緩みが今回の大事件に繋がったんだ。

その件を踏まえて国内を大改革するうえで必要な手段を取る。

というか取らないと国が滅びかねない。

ネタじゃなくてガチで。

フランスの大改革をやろうぜ！

Ｄｏ　ｉｔ！

王太子の部屋で俺は四六時中頭をフル回転させながら本日の設立に協力してくれる重要人物の到着を待っていた。

あとアントワネットをサポートしてくれる人も正式に今日から女官長になる予定だ。

今日から本当の意味でフランスは新しい未来を切り開く時がやってきたんだ。

俺は新たな期待を胸に秘めながら、アントワネットと一緒に重要人物との打ち合わせを行うのであった。

32：欠かせない歯車

午前九時三〇分、俺とアントワネットは小トリアノン宮殿で行われる「国土管理局」の設立並びにそれに伴う政治改革の事前打ち合わせを行うために移動していた。

移動するために大勢の守衛が俺とアントワネットを守るために囲むようにして歩いている。

国王陛下暗殺未遂事件があってから、守衛やヴェルサイユ警察もピリピリとした緊張感をもって仕事に励んでいる。

SP仕事してくれていて良かったわ。

なんと言っても、この国土管理局の設立こそが革命を防ぐために重要になってくるんだ。

いわゆる防諜組織としての役割を担うわけだしね。

それに、この組織設立にも莫大な資金がかかっている。

その資金を提供してくれた重要人物は既に小トリアノン宮殿の応接室で待機しているようだ。

小トリアノン宮殿に到着すると、こじゃれた建物が立っていた。

外観から見れば二階建てのオフィスビルみたいな感じだが、中身は立派な屋敷そのものだ。

元々ルイ15世が愛妾ポンパドゥールのために作ったのだが、完成する前にポンパドゥールは亡くなったのでデュ・バリー夫人が所有していた建造物だ。

史実だとアントワネットが疑似農村集落「ル・アモー・ドゥ・ラ・レーヌ」を建造し、そこで野菜や動物を飼育して心安らかなひと時を過ごしていたようだ。

確かにこの辺りなら農園としてやっていけるかもね。

でもどうせなら馬鈴薯(ジャガイモ)やカボチャなどフランスでまだまだ導入が進んでいない寒さに強い野菜を育成する王立農園実験場として作ったほうが国民も納得するだろう。

王太子、王太子妃のお墨付きシールでも貼りつけて売ればそれだけで儲かるだろうし、何よりも農園として機能すれば研究材料にはなる。

だから国民から無駄遣いと言われるようなことはない。

研究と実験は科学を発展させるうえで必要なコストでもある。

無駄遣いだからと経費削減され、堤防やら科学研究費を次々とカットされた結果痛い目にあった未来の日本の二の舞だけは避けたいものだ。

ただし、ヴェルサイユ宮殿の使用人が四千人以上いるのは流石に多すぎだ。

これだけは使用人の数を減らすぞ。

ヴェルサイユ宮殿は宮殿内だけでなく一般人の立ち入りを制限することになった。

最終的には必要最低限ではなく使用人の休日を含めて十分に業務を回していける人数……約千人前

後に縮小する予定だ。

うーむ、これでアントワネットの心が安らかになれば一石二鳥、いや一石三鳥、もしかしたら四鳥になるだろう。

アントワネットはこうした場所で落ち着くのが好きだったみたいだしね。

「この辺りは落ち着きますわね……ヴェルサイユの中でも静かで気持ちがいいですわ」

「そうだねぇ……こうした静かな場所でランチをするのもいいよね。また今度時間が空いた時にここでランチでもしよっか」

「ええ、その時は私がお菓子を振る舞って差し上げますわ！」

「やったぜ！（勝利のガッツポーズ）」

と、こんな感じでアントワネットの印象はとても良かった。

デュ・バリー夫人が亡くなった後、一週間ほど時間をかけて夫人の私物などを片付けて小トリアノン宮殿はこじんまりした雰囲気となっているのだ。

宮殿の中に設けられたサロンには既に二人の来客が来てくれていた。

俺とアントワネット、そしてフランスの未来を担ってくれる重要人物だ。

一人は顔立ちが美しく、優しいおおらかな目をした女性。

もう一人は舞踏会の時に会話をした初老の男性だ。

「お待ちしておりましたランバル公妃、ヨーゼフ・ハウザー氏」

「「王太子殿下！！！」」

「二人共、大丈夫ですよ。そのまま楽にしていてください」

……と言っても、やはり条件反射なのだろうか名前を呼ばれた二人は直ぐに起立して俺たちに向かって礼をしてきた。

二人とも膝をついて忠誠を誓っているほどだ。

手前まできていた守衛に下がるように命じてから、部屋の中は四人だけとなっている。

四人で囲むようにテーブルに座って対面することになる。

「アントワネット、紹介しよう。こちらの方はランバル公妃、マリー・ルイーズさんだ。俺が女官長として君の傍に就かせたいと言っていた人だよ」

「王太子様、王太子妃様、改めましてマリー・ルイーズと申します。以後、アントワネット王太子妃様の女官長としてお勤めさせて頂きます。何卒お見知りおきを……」

「ええ、ランバル公妃のことは耳にしておりますわ！　これからもよろしくね！」

「はい！　こちらこそ宜しくお願いします！」

アントワネットはランバル公妃と挨拶を交わして二人と対面させることができた。

彼女はとても真っ直ぐな人だ。

ランバル公妃と対面させたアントワネットは、すぐに愛嬌ある挨拶を交わして早速二人の距離が縮まってくれたようだ。

あぁ～後世に写真として残したい笑顔だ！

そんでもって隣にいる初老の紳士！！！

この人こそ、国土管理局設立のために急ピッチで資金などを確保してくれた人物だ。

いわばフランス救国の父として個人的に名前付きの称号を授与したいぐらいに重要視している。

彼は史実では一宮廷商人だったが歴史の陰に埋もれた無名の商人だった。

そんな陰にスポットライトが当たり、彼の支援なくしてはこの国土管理局の設立は不可能だっただろう。

「こちらにいる方はヨーゼフ・ハウザー氏だ。以前舞踏会で見かけたと思うが彼は大商人だ。そして彼のおかげで国土管理局が無事に設立することができたんだ。彼には経済部門で活躍してもらう予定だよ」

「ヨーゼフ・ハウザーです。王太子殿下にはいつもお世話になっております。何卒マリー・アントワネット様にもお見知りおきを……」

「よろしくお願いしますわ！　ところで、ヨーゼフさんのお生まれはどちらになりますの？」

「……オーストリアのインスブルックでございます。三〇歳の時からフランスで宮廷や大貴族様を中心に商売をさせていただいております」

「まぁ！　じゃあ私と同じオーストリアから来たのね！　オーストリアは今どんな感じかしら？」

「いつになく平穏でございます。アントワネット様」

アントワネットも中々攻めた質問をしたねぇ……。

ちょっとヒヤッとしたぞ。

ヨーゼフ氏はオーストリア出身だ。

ただ、オーストリア出身でもオーストリア人ではない。

正確にいえば彼はユダヤ人だ。

商人であった父の家督を受け継ぎ、オーストリアやフランスで宝石や美術品を取り扱う貿易商として彼はそこそこの名声を手に入れていた。

宮廷商人として王室や大貴族向けの高級品などを売買していた彼だが、俺のほうから偶々声をかけて話をしたところ気が合う人物であった。

とにかく話上手であり、何よりもフランスの経済を熟知していた。

大商人ということもあって、その人脈と情報網は決して無視できないほどだった。

そこで俺はこの人に思い切ってフランスにおけるユダヤ人の解放政策について話をすると涙を流しながら協力すると言われたのだ。

この時代においてユダヤ人はゲットーと呼ばれている隔離された地区での生活を余儀なくされていた。

ただ全てのユダヤ人がそうだったわけではなく、富を築いた商人や金融関係者などはゲットーから外で暮らす権利などを与えられたり、貴族だけでなく王室にも金を貸すほどの資金力があったのだ。

第二次世界大戦においてアドルフ・ヒトラー率いるナチス政権が行ったユダヤ人迫害政策のように、ユダヤ人そのものを根絶するほど過激ではなかったが、この時代でもユダヤ人は迫害されて当たり前の時代だった。

そうした時代の下地があったからこそ、ナチスが欧州で支持され台頭したのだろう。

そこでだ。

ユダヤ人が迫害されないように彼らの信仰を認める寛容令を発令しようと思うのだ。

ルイ16世も一七八七年頃にこれを行ったのだが、あまりにも時期が遅かった。

なので史実より一七年先取りして国土管理局の設立と同時に改革でやってしまおうというわけだ。

ついでに農奴解放もセットメニューで追加して事実上の奴隷制度の廃止もパパパッとやるつもりだ。

一応ほぼ寝たきり状態の国王陛下に政策案を伝えると「お前に任せる」の一言で承諾を得ることができた。

国王陛下も承諾したし、このまま押し通すつもりだ。

俺は司会進行役として三人に改革案を提示した。

「では、設立まであと一時間三〇分ほどですが事前にどのような改革をするのか……ここにいる者だけにお見せしましょう」

33：改革の剣

改革案……。

これを近いうちに実行しなければフランス王国は死にます！

文字通り、革命が起きて恐怖政治による独裁政権へと変貌を遂げていくフランスに。

そうならないようにしたうえで、史実以上の繁栄を謳歌するためのプランだ。

名付けて「ブルボンの改革」。その改革案をまとめた詳細な内容であった。
この詳細内容は他の貴族、果ては随行員にすら見せていない代物でもある。
なにせ、かなり衝撃的な内容の数々だからね。
ざっと大まかに分けてこのような内容である。

〜ブルボンの改革〜

一か月以内に公布・施行

一・宮殿内における使用人の大規模人事異動・整理（一七七三年から一七七五年までに完遂する予定）

二・ユダヤ人に対する寛容令並びに、国内での定住・市民権を認可

年末までに公布・施行

三・農奴制の廃止、及び農地改革の実施

四・特権階級者（貴族・聖職者）における犯罪行為の罰則強化

二年以内に公布・施行

五・蒸気機関などの新技術を使った近代化産業の導入
六・冷害にも強い食物の輸入並びに栽培・育成促進

三年以内に公布・施行

七・飢餓に備えた備蓄食料の確保
八・教育機関の充実化
九・科学的医療行為の推進
一〇・それに伴う非科学的なオカルト類に属する医療行為の禁止

五年以内に公布・施行

一一・下水道の整備、並びに汚水買取システムの導入
一二・蒸気機関を応用した機械産業区画の整備

一〇年以内に公布・施行

一三・極東アジア地域への経済進出

ざっとこれらの項目を一七八〇年頃までに完成しておきたい。

上三つ目までは近日中に施行される手筈となっており、最低でも上から六番目まで実行すればフランス王国は最低三〇年ぐらいは安泰だろう。

そのために上から短期的〜長期的に時間がかかるものに区分して記載してやったぜ。

これらの改革案を見て最初に驚いたのはヨーゼフ氏であった。

「こ、これを王太子様は実行するおつもりですか?!」

「一〇年かけて行う予定です。上から二つ目までの項目は近日中……遅くても一か月後には法整備を行って国王陛下の承認のもとで効力を持つようになります。つまり、今日の国土管理局の設立はこれらの二項目を迅速に施行できるようにするために行う必要があるのですよ。そのために俺は腹をくくっているのです」

「いやはや……話をお聞かせ頂いていたとはいえ、いよいよこれを実行に移す時が来たのですね」

「正直な話、まだ三年ぐらいは大丈夫かと思っていましたが思っていたよりも国王陛下の体調が芳しくないので早急に施行する必要性が生じたのです。ヨーゼフ氏にはこれからも頑張って頂きますよ」

「はっ、王太子様のご意向のままに……」

ヨーゼフ氏も、上二つを一か月後までに施行することを目指していることにびっくりしているようだった。

ヴェルサイユ宮殿はアデライードの事件以降、人員削減と警備強化のために人数を減らしたうえで一般人の立ち入りを制限している状態だ。

そもそもあの宮殿に末端含めて四千人は多すぎる。

数が多すぎるうえに彼らに化けた窃盗団による犯罪まで多発している現状ではキリがないので、無駄すぎる人員の経費は削ってしまおうと考えた。

例として挙げるなら食事・配膳係は水を汲む人、食器を揃える人、食器に具材を盛りつける人、王の食事が始まることを合図する人などなど……本来なら多くても三人程度で済むような仕事を八人以上でやっている。

おまけに彼ら使用人の住んでいる住居は高額な家賃設定をされていてかなり劣悪な環境に置かれているのだ。

給料の三分の一から半分以上を家賃で失っている状態なので、めちゃくちゃ可哀そうだ。

こうした状況ではモチベーションも発揮しないし、ハッキリ言えば人数・金の無駄遣いでもある。

マジで。

それに仕事内容もかなり細分化されてしまっているので、逆に他の人の仕事を奪わないかと大きく気を使ってしまっているのだ。

仕事内容を統合化したうえでヴェルサイユ宮殿で働く使用人の数を四千人から年末までに千人に削減し、削減されてしまう三千人については引っ越し費用などを補填したうえで、国主導の新しい仕事についてもらうようにする。

ただし、これに関しては三千人の宮殿に仕えている人間を一斉に首切りにしたら猛反発が起こるのは必須だ。

なので、一年間で三百人から五〇〇人前後と段階的に数を減らしていくんだ。

少しばかり余力がある程度まで減らしておくので、千人はあくまでも目安だ。

もしかしたら一三〇〇から一五〇〇人前後になるかもしれない。

そこは今後の調整や使用人たちへの説明をしっかりと行うつもりだ。

新しい仕事は既に確保しているから段階的な転職もしやすいだろうしね。

彼らの仕事を奪うのではなく、より質を高くして意識向上のためにこの異動と整理を行うのだ。

また警備体制を強化したうえでヴェルサイユ宮殿や政府関連施設の守りを固めるつもりだ。

鉄壁のディフェンス並みに固く守らねばならない。

改革案を見ていたランバル公妃は俺に恐る恐る質問を行った。

「王太子様、三番目の農奴制を廃止というのは具体的にどのようなことを実行するのですか？」

「農奴は自由に住居を移動したり転職することが禁じられているんだ。だから自分たちで住みたい場所に移住したり、職種に就かせることを推進するんだ」

「……しかし、それでは大勢の農奴を雇って荘園を保有している貴族や聖職者が反発するのでは？」

「勿論、農奴制を廃止にすることへの見返りとして、改革が施行されてから二年間までは、事業所の地主に対して他の土地に移住を希望する小作人分の補填制度や移行期間中は免税にするなどの優遇措置を設けるよ。その後で地主……荘園主が事業所として土地を十分に管理できないようであれば土地を国が買い取って小作人に安価で提供するつもりだ」

あと封建制度でまだ残っていた農奴制はとっとと廃止する。

農奴制は農奴として生まれた人間はずっと生まれた地で定住していなければならないなど、制約も多く文字の読み書きすらできず教育が不十分のままであった。

蒸気機関を要する産業を使って国力の底上げを行いたいだけに、こうした障壁はすぐにでも取り除きたい。

なので農奴制を廃止することを公言し尚且つ速やかに実行に移す。

というか移します（決定事項）。

封建制度で荘園を営んでいる地主は、事業所としてやっていくことになる。

事業所は小作人を雇い入れることもできるが、生産性に応じてしっかりと国が定めた賃金を支払って彼らが転職や転住を希望している場合にはこれらを妨害してはならないようにするのだ。

農奴、いわゆる貧しい農民として区別される小作人は日本よりヨーロッパのほうが悲惨な扱いであった。

なのでそうした問題を解決するためにこれは思い切ってやる。

無論、今まで好き放題に税の取り立てを行っていた彼らには国から定められた税金以上の取り立てを禁ずる法案整備も同時に行う予定だ。

戦後ＧＨＱが行った日本の農地改革制度とは異なり、大規模な土地の所有を許されるため地主にとってまだ温いかもしれないが、権力などを振りかざして小作人などに無理強いを行う場合は警察による強制捜査を行い土地を没収することも検討している。

事業所となった以上、例え貴族や聖職者だろうが横暴でいい加減な管理は許されない。

また、小作人も事業所の従業員として働くことになるが本人の意思で移住や職業の転職を可能にしている。

しかし、農作以外でノウハウや知識もない者をいきなり受け入れても失敗してしまうリスクが高い。

そこで都市部でもそうした元農奴や小作人が転職をスムーズに行えるための職業訓練校に準ずる学校をパリを中心に三つ、今年中に開校予定だ。

「これからの時代、農業や手作業による商工業だけでなく機械を大々的に使った工業産業が飛躍的に活躍するようになる。そうした時に知識人や技術者の確保が必要になってくるんだ。そのためにもユダヤ人の協力は必要不可欠だ」

「以前オーギュスト様がおっしゃっていた〝産業文明時代〟に入った際にフランスが他国に遅れを取らないために必要なことですね……」

「その通りだアントワネット。確かに、彼らには莫大な富を築く者が多くいるうえに勉学も勤勉な者も多いんだ。それだけ教育が行き届いているとも言える。だから俺は良いところは民族の壁を越えて取り入れようと思うんだ」

その農奴制廃止に先駆けてやるのがユダヤ人の寛容令だ。

これをしなければヨーゼフ氏も国土管理局の設立に協力しなかっただろう。

ユダヤ人の迫害を禁じ、国内への移住や市民権を保護し認可する。

これだけでも欧州各地のユダヤ系資本をフランスに招き入れることが可能になる。

潤沢な資金力を保持しているユダヤ人が移住してきて、国内の経済を推し進めてくれればそれだけでも国内の経済状況は改善するだろう。

経済状況が改善すればフランスへの信用も戻ってくるので投資が増え通貨の価値も高くなる。

それに工業産業を促進させるにも資金が必要だ。

彼らなら、この先進的な産業の実用性をすぐに見抜いてくれるだろう。

何かとファンタジー小説では軍隊面や戦闘力にリソースを割り振っている描写が目立つが、俺の場合は民衆の支持と経済状況の回復から真っ先に取り組んでいくつもりだ。

いやぁ……なんか王太子として転生して以来、今回すっごくまともに仕事しているなと思っている。

ランバル公妃やヨーゼフ氏も改革案を支持しているし、長期的な改革に関しては修正や訂正などが入ってくるかもしれない。

改善すべき箇所があればそれで補うが、それでも改革をやるという意思表示は極めて大事だ。

これからが正念場だと思ってもらっても過言ではない。

アントワネットと幸せに暮らすため、そして史実のような革命を引き起こさないためにも実行に移せるものはドンドンやっていく。

国土管理局の設立二〇分前まで、俺はアントワネット、ランバル公妃、ヨーゼフ氏と改革について語っていたのであった。

34：国土管理局

「では、これより国土管理局の設立を宣言する！」

国土管理局の設立式はひっそりと行われた。

小トリアノン宮殿での設立式には、俺やヨーゼフ氏などがスカウトしてきた一四〇名あまりの局員が参加しただけだ。

かなりひっそりと設立したわけだ。

なにせ表向きは国勢調査や人口統計の管理などを行うということになっている。

裏の顔、そして設立した本当の目的はごく一部の人間だけしか知らない。

諜報・破壊工作・外交工作・内偵・革命主義者の逮捕など……。

実際には秘密警察に近い役割を担う準軍事組織だ。

国内専用の防諜組織でもある。

戦前日本の特別高等警察に近い組織だ。

しっかりとした防諜組織を作っておく必要があるのは、フランス革命が勃発した経緯を知れば分かる。

フランス革命が起こった当時のフランスの状況は最悪の一言で片付いてしまうほどに悪化の一途をたどっていた。

経済はボロボロ。

おまけにラキ火山や浅間山の大噴火によって北半球で寒冷化が起こり慢性的な食糧不足が数年単位で続いたため、野菜や小麦の価格が高騰したことで多くの国民が飢えで苦しんでいた。

ルイ16世もただボーっとしていたわけじゃない。

経済分野では農業主体の重農主義者ジャック・テュルゴーや、平民出身だが銀行家として大成功をおさめていたジャック・ネッケルを財務長官に任命して経済の立て直しを図ろうとしていたし、一七八五年から一七八九年にかけてはユダヤ人の寛容令や農奴解放など当時としてはかなり開明的な政治判断を下していたりする。

……ここまで聞けばルイ16世も頑張っていたんだなと思うだろう。

そう、彼は頑張っていたんだ。

一昔前の歴史書や漫画だと散々な悪口書かれていたり無能扱いされているけど違うんだよ！！！

しっかり調べれば彼なりに国王として国を立て直す努力をしていたんだ。

……だが！

その努力が報われることはなく、革命によって灰燼に帰してしまった。

彼の足を引っ張った挙句、ルイ16世が断頭台で処刑される要因を作ったのが主にわがままで身勝手な貴族や聖職者たちであった。

代表的な例として、ジャック・ネッケルがルイ16世やアントワネットに質素倹約を勧めて、財政の根本的な立て直しを進めるもアントワネットがかなり厳しめの質素倹約を出されたことに不満を抱き、それにつけ上がった貴族たちが猛反発を相次いで起こして辞職に追い込まれた。

さらに言えば重農主義者のジャック・テュルゴーに至っては農業の自由化を図った次の年が気候変動によって小麦が凶作となってしまい、重農主義の脆い部分が露呈した挙句、これも貴族連中が中心になって辞職に追い込んだ。

そして極めつけが全国三部会を開いた際に、国の財源確保のために貴族や聖職者への課税が審議されたが、彼らが猛反対を起こしたことで国民の大多数の第三身分階級に準じている平民階級者が激怒したのである。

高収入でリッチな生活を送っているくせに税金を払わないとは何事か。

上級国民の免税特権は許されるのか！　とヤジが飛んだ際には、彼らは上位階級者としての身分に甘んじて平民階級者の議員に対して酷い暴言を連発した。

「俺は貴族だ、貴様ら第三身分の平民とは違う。つまり借金を抱えている無能な平民がどうなっても俺が知ったことではない」

「聖職者だけど免税特権なくなったら荘園の経営上手く行かなくなるからお断りします」

「ンンッｗｗｗ　第三身分階級の言うことは戯言ですぞｗｗｗ」

……などなど。

フランス経済が債務返済ができず破産寸前という状況であっても、貴族・聖職者の大部分が自分たちの自己中心的な、あるいは地位や名誉以上に税金を納めるのを拒絶した結果、平民階級の不平不満が爆発し、バスティーユ襲撃に伴い革命派が大躍進した結果が革命だったんだよなぁ……。

やはり貴族と聖職者クソやん！！！

……と、ここだけで切り落としてはいけない。

無論、貴族や聖職者の中でも経済状況の悪化で税金を取り立てる必要性を認識していた人たちもいる。

革命一か月前にはテニスコートの誓いに参加した貴族・聖職者も少なからずいたしね。

んで、文字通り革命が起きて国王陛下諸共処刑されてそれで万事解決とはいかなかった。

俺が知っている歴史では、フランス革命が勃発した際に革命を支持している人々は都市部だけで、田舎の農民たちはそこまで革命運動を支持していなかったのだ。

彼ら農民からしてみれば都市部における革命騒動よりも、明日の食事と農業の仕事のほうが大事だったのだ。

そして彼らはキリスト教……それもカトリック系と深い結びつきがあった。

政権の実権を握った革命政府は革命戦争に参加させるために農民から男子を強引に徴兵しようとしたため、これに教会が猛反発して各地で反乱を起こしたんだ。

ヴァンデの反乱もそうした革命政府の横暴なやり方に反対したことで巻き起こったのだ。

それに激怒した革命派は教会や反発していた農民を異端者とみなして各地で虐殺を繰り広げることになる。

特に恐ろしいのは革命政府の思想を真に受けた民衆による暴力であった。

教会に対しては聖職者の殺害や建物への放火だけにとどまらず、貴重な文化財を燃やしたりするのを正当化する有様で、あまりの酷さに革命政府からも「こいつら蛮族じゃね？」と言われる始末。

おまけにこうした過激な革命派は教会を反革命派だとレッテル貼りつけて文化破壊を推進したのだ。

この反革命派狩りによって中世ヨーロッパ時代のフランスの貴重な文献資料がいくつも消失するという歴史学的観点から見ても最悪な事態となったほどだ。

後の共産主義革命が起きた国でもそうだったが、革命が勃発する時は大勢の知識階級者が命を落とし、文化的に価値のあるものを取り壊す傾向が強いのだ。

中学校や高校で習った歴史書だと、フランス革命は圧制者から解放した素晴らしい行いだ！　マジ最高！　みたいな論調で書かれているが、実際のところは反対派の粛清と宗教的文化の破壊を伴う恐ろしい時代でもあったのだ。

やはり革命はクソだってハッキリ分かるんだね。

だから俺は革命を全力で阻止するのだ。

ナポレオンが登場して活躍した時がフランスの絶頂期であり、それ以降はコロコロと坂をくだっていくような状態が続いたんだ。

革命を阻止しなければフランスはこれから先、基本的にドイツにタコ殴りにされる運命しかないのだ。

普仏戦争ではフランスはプロイセン（後のドイツ帝国）にボロ負けしたし。

第一次世界大戦ではパリ目前まで迫られた挙句、若年層が死にまくったために人口構成比がいびつになり、マジノ線作っておけばドイツ来ないやろと第二次世界大戦当初楽観視していたら道路国家経由であっという間にパリが陥落して降伏するし……。

そして近年ではむやみやたらに難民を受け入れた結果、過激派のテロや犯罪が目に見えるレベルで横行して極右政党が大躍進するほどに情勢不安になっている有様だよ！！！

これはひどい！

なのでこれからのフランスが、そうしたことにならないようにしっかりと打つべき手は打っておく。

改革を速やかに実行し、フランスを豊かにしていきたい。

勿論、改革に伴う法整備などもしっかりと進めるのも大事だ。

個人的にはイギリスや日本のような立憲君主制へ移行するためのプロセスをとってもいいと考えている。

ただ、そうした移行へのプロセスにはかなり年月もかかるうえに革命派が便乗して体制打倒に向けた動きをしてしまう危険性もはらんでいる。

うーむ、一概に良し悪しは決められないぞコレ……。

設立式が終わって将来の目標の道筋がようやく定まろうとしていた時であった。

「オーギュスト様、そろそろお昼になる頃ではありませんか？」

アントワネットが俺に問いかけてきた。

気がつけばもう時刻は午後一時を回っている。

うぉっ?! 時間かなり進んだな！！！

道理でお腹が減ってくるわけだ。

さて、ひとっきり固い話はここまでにしておこう。

今からアントワネットとの食事を楽しむぞぉ！！！

俺の心の中で仕事とプライベートの切り替えモードが発動した瞬間であった。

35：チョコレートは飲み物

小トリアノン宮殿から徒歩三分の場所に周囲を整備された草木が生い茂っている場所がある。

この辺りは愛の殿堂が立っているあたりだろうか……。

でも今は一七七〇年なので愛の殿堂はない。

あれが建設されたのはアントワネットがルイ16世に小トリアノン宮殿を与えられてから数年後の一七七八年頃だったはずだ。

それでもこの辺りは庭師の職人によって徹底した管理がなされている。

今日はこの辺りで昼飯といこうかな。

「久しぶりに天気もいいですし、今日は晴れて嬉しいですわ」

「そうだね。昼食もでき上がっている頃合いだろうし、それまで景色でも眺めてのんびりしようか」

「はい！」

芝生の上に大きな布を敷いて、その上に座る。

コンクリートみたいにカチカチではなく、芝生特有のもっさりとした感触が伝わってくるのがいいね。

ここ最近は雨だったり曇りの日が多かった。

冷夏ではないらしいが、それでも七月にしては少し肌寒いと感じる日もあった。

でも今日は七月並の陽気らしく、日差しが照り付けて温度もドンドン上昇している真っ最中だ。

なので日よけ傘を置いてから芝生の上でゴロンと寝っ転がっている。

「やっとこれで一区切りつけるよアントワネット……。思っていたよりも大変だね……」

「オーギュスト様のおかげで混乱は収まりましたわ。それに、今日お会いしたランバル公妃も綺麗で礼儀正しいお人ですわ」

「そうだね。ランバル公妃は誠実で有名だからね。君へのサポートもしっかりやってくれると思う」

「ええ、今度ランバル公妃と一緒に食事をしようと思うのですがいかがでしょうか？」

「いいね！　彼女は今日はどうしても外せない予定があるみたいだから見送っていたけど今度のお昼時からそうしようかな」

ランバル公妃も食事に誘ったのだがやんわりと断られてしまった。

「本日はおなかの調子を整えたいのでお食事は控えさせていただきます」

……と、申し訳なさそうにしていたが、実際には俺とアントワネットの水入らずの食事を邪魔しないように気を使わせてしまったらしい。

なので今度からはアントワネットも一緒に誘っておけば来てくれるだろう。

今日はこれからは大きな予定はない。

久しぶりに水入らずというわけだ。

そのこともあってか随行員さんや侍女さんも俺に気を使って離れた場所で待機している。

なので彼らのご厚意に感謝して仕事が終わった後の解放感を満喫しているのだ。

(夏の空気はうめぇなぁ……芝生の香りがなんとも爽快だ!)

芝生の上(正確に言えば布の上になる)で寝転がるのは気分がいい。

夏場はけっこう暑い感じになるけど、それでもアスファルト舗装された場所とは違って日光が反射するわけでもなく、芝生が太陽からの熱を吸収してくれるので芝生の上はほどよい熱さで済んでいる。

日よけ傘のお陰でポカポカと身体が温まり気持ちが良くなってきた。

おまけに隣にアントワネットも一緒になって寝転がっているんですよ!

いや~これは王太子だけに許された特権ですわ!

あぁ~アントワネットの寝転がっている姿で癒されるぅ~!

気力がドンドン上がってきているような感覚だなぁ。

……そこに何やら食欲をそそるようないい香りがしてきた。

皿に蓋をして持ってきたのは食膳係の人だ。

そして後ろにはミニテーブルを持っている人もいる。

「お待たせしました王太子様、王太子妃様、昼食でございます」

料理係の人がせっせと持ってきてくれたのはあっさりとした昼食のメニューだった。

キュウリやトマト、それに茹でたトウモロコシを蒸した鶏肉の上にのせて、酢と油を混ぜ合わせたヴィネグレットソースで味付けした料理だ。

酸味も利いているし、なにより夏野菜をふんだんに使っているのが素晴らしい。

「まぁ！　私の好きな鶏肉ですね！」

「胸肉のあたりだねぇ～あっさりしているから食べやすいと思うよ」

「野菜もふんだんに使っているので見栄えもいいですわ！」

ポンポンとミニテーブルを布の上に置いて、フォークとナイフを置けば昼食の完成だ。

それでもってこの時期は夏バテしやすい季節。

そんな時期に栄養価値の高い飲み物を係の人が汲んでくれたのだ。

それがこのショコラだ！

ショコラはフランス語でチョコレートの意味だが、一八世紀では固形物じゃなくて飲み物として飲まれていたんだ。

この時代は物が直ぐに届くような時代ではないからカカオの値段もかなり高めだった。

それでもって極めつけなのがこの濃度にある。

この時代ではショコラ、ショコラと連呼されているが、これからはあえて俺の知っている言葉でココアと言わせてもらう。

このココア……めちゃくちゃ固形物なんだよなぁ……。

もう本当にドロドロに濃いんだよ!!

甘いうえに濃い!!　これでも牛乳を足しているみたいだけどそれでも濃い!!

フォークで混ぜようとしたらフォークが突き刺さるぐらいにはカカオ成分マシマシレベルで濃いです。

最初見た時、あまりにも濃すぎてアントワネットの前で噴き出しそうになりました、ハイ。

砂糖とかがふんだんに入っている現代の粉末ココアならコップ一杯に対して大さじ一〇杯分ぐらいは入れたんじゃないかと疑うレベルで濃い。

まぁショコラは食後に飲む感じかな。

食事を食べ終わった後に胃薬飲むみたいなノリでこの時代では貴族や裕福な平民を中心に飲まれている。

栄養もあるし、なにより砂糖が入っていないブラックチョコレートならコレステロール値を抑えることができるみたいだしね。

あながち薬という表現がされていたのも間違いではない。

「アントワネットはショコラが大好きなんだねぇ～」

「ええ!!　ショコラを飲んでいると病気になりにくいと聞きますので毎日飲んでいますわ!!」

「そうだね、ショコラは砂糖やバター油を入れるのを控えめにすれば健康にいいみたいだしね」

「そうなのですか！　でも、あまり苦いと牛乳で薄めても辛そうですわ……」

「確かに、でも砂糖よりは牛乳で薄めながらゆっくり飲めば大丈夫だよ」

濃度がスゴイことになっているショコラを横目で見ながらも、俺とアントワネットはヴィネグレットソースで味付けした蒸した鶏肉の夏野菜和えを食べることにしたのであった。

36：明日に向かって

フォークとナイフを使って鶏肉に切れ目を入れてから食すことにした。

蒸していることもあってかだいぶ中身が柔らかいが、それでもナイフがないと切れにくい。

フォークを直に鶏肉にぶっさすのは行儀が悪いので流石にやらない。

白色のあっさりとした鶏肉にヴィネグレットソースを付けて食べてみる。

すると、鶏肉に酸味と油がマッチしてかなり美味い！

「うぉっ！！！　鶏肉の旨味を引き出しているね！！！」

「ええ、あっさりとした味付けで美味しいですわ！」

鶏肉の繊維にそってゆっくりと切り込みを入れ続ける。

その作業をしているだけでもアントワネットと一緒なら楽しい。

ナイフとフォークを使ってヴィネグレットソースで味付けした蒸した鶏肉はかなり美味いな。

現代のコンビニとかで良く販売されていたサラダチキンってあるじゃん？

あれにドレッシングをかけて食べているような感じだ。

この大空の下で食べる鶏肉は最高に旨い。

転生前は日本人だったこともあってかどうしても白米が欲しくなる。

この鶏肉ならご飯茶碗一杯分は余裕でペロリと食べてしまうだろう。

なにせフランスでは麦からできたパンを中心とした西洋食だけしかないので日本食がどことなく恋しくなる。

蕎麦にうどん……冷麦にラーメン……うう、思い出したらそれも食べたくなるじゃないか！

しかも麺類ばっかりだし……。

麺類はこの際排除せよ……いや待て、一応パスタならイタリアにあるから料理係に出そうと思えば……出してもらえると思う。

しばらくはパスタで妥協だな！

鶏肉を半分ほど食べ終わったところで野菜たちを胃袋の中にぶち込む時が来た。

本来なら野菜を先に食べておくと血糖値や尿酸値が高くなるのを抑えられるとか言うけど、こういった日は好きな食べ物から無性に食べたくなるものだ。

採れたてのキュウリとトマトはみずみずしい。

身もしっかりしているし、ヴィネグレットソースに合う。

「それじゃあ……この野菜を頂くか……！」

俺はまずトマトを口の中に入れた。

切れ目からトマトの味が染み渡ってくる。

そしてソースのほどよい酸味が野菜をさらにグレードアップさせていた。

キュウリも同様だ。

「おお、夏野菜だけにシャキシャキしていて美味しいね！」

「はい！　ほどよい酸味で美味しいですわ！」

口の中で噛んでいくと同時に酸味とみずみずしさが相まってシャキシャキと音を鳴らしている。

これは美味いな！

一品料理ではあるがその分夏バテ防止にはいいかもしれない。

そしてだ……思っていたよりもトウモロコシは甘味が控えめであるような感じがする。

アントワネットもちゃんと野菜を食べているから大丈夫そうだ。

野菜が苦手だったらしいと言われてはいたけど、むしろレアな焼き加減で焼いた肉類が苦手らしい。

小さいころに食事で出されたウサギ肉の焼き加減がいささか血塗れに近い状態で出されたことがトラウマになっているとのことだ。

でもちゃんと食べているのは偉いと思う。

野菜だけしか食べない人たちも世の中にはいるが、筋肉などの組織細胞は肉類や魚などのタンパク質が豊富な食事を取らないと作られず貧血などの体調不良を起こしやすいとされている。

野菜と肉はバランス良く食べることが重要だ。

ふと、ここで野菜を食べていると一つ違和感が生じてしまう。

（あれ？　このトウモロコシ……思っていたよりも味が薄くないか？）

もしかしたら品種改良がそこまで進んでいないので、現代のトウモロコシと比べて旨味が少ないように感じてしまった。

まぁ、それを言ったらこの時代のスイカも同様で実が少なめで皮が厚く、おまけに種が渦巻き状になっている。

そう考えれば品種改良をしなければ旨味が引き出せないのか……。

品種改良も科学技術の発達で急速に進化してきた歴史があるわけだし……。

なのでこうしたトウモロコシの味を現代に近づけるのはやはり科学力を上げないとダメだね。

俺は生物学とかは専門外だけど、この時代にもそうした植物などを学んでいる学者はいるので、彼らに研究費をあげて味の向上や冷害や害虫に強い品種を出せるようにお願いしようかな。

「ごちそうさまでした、それじゃあ食後のショコラを味わうとしよう」

「ええ！」

傍から見れば平凡な王室の食事に見えるかもしれない。

俺にとってもアントワネットとの何気ない日常だが、こうした平凡な日常を送れること、そのものが幸せなのだ。

「こうしたひと時を大切にしたいね……」

「そうですね……オーギュスト様ならフランスの改革を行うことがきっとできますわ！　私も全力でお手伝い致します！」

「ありがとうアントワネット、それじゃあ……これからもよろしくね！」

「はい！　一緒に頑張りましょう!!」

これから改革によってさらに忙しくなるだろうし、何よりも大貴族や聖職者達の反発が起こるかもしれない。

こうした優雅な時間を過ごせることができないかもしれない。

アントワネットの笑顔を守りたい。

だから俺はアントワネットと一緒にいられるように、そして幸せにするために全力で改革に取り組んでいこう。

それにしてもこのショコラの苦みと砂糖とミルクの甘味がミックスしていてスゴイ味になっているぞ。

めちゃくちゃチョコ本来の苦みをミルクで薄めて味わいながら、俺はショコラを飲み干してアントワネットと食後のささやかなひと時を過ごすのであった。

37：宮殿改革

一七七〇年九月一日

この日は、ルイ・オーギュストが主導となって八月一二日に公布された「ヴェルサイユ宮殿の大規模な人事異動・整理」と「ユダヤ人への寛容令」が施行された歴史的な日となった。

新聞各社はオーギュストが赤い雨事件以降、積極的に問題解決に取り組んでいる姿勢を評価し、寛容令も不況が続いている経済の活性化を促進させるためだとして、キリスト教でもガチガチの保守派以外は容認する傾向が見られた。

オーギュストは年末までに農奴制の廃止（※協議の結果一七七三年までに施行予定）と特権者階級が犯罪行為を犯した場合、罰則を強化することも公布しているのだ。

フランスを本気で良くしようとしている王太子の姿勢は第三身分の平民階級からは絶大な人気を誇ることになる。

特に、改革派のプロテスタント系の信仰者が多いフランス南部や西部の改革派に属する政治家……主に地方議会の第三身分階級の者たちは、オーギュストの改革を支持していくことになる。

さらにヴェルサイユやパリだけでなく地方にまで公布の内容が発表されており、公布内容を見た大部分の人は王太子を讃え、オーギュストへの忠誠すら誓う者すら現れた。

またここ最近フランスで起こっている変化と言えば、若いカップルなどがピクニックをするようになったことだろう。

野外で簡単な軽食を食べることが流行しており、これもオーギュストとアントワネット妃が仲睦まじい姿を見せながらヴェルサイユ宮殿の庭で食べていたからだ。

一〇代半ばであるにもかかわらず、その熱烈な恋愛っぷりはヴェルサイユ宮殿内外に知れ渡っていた。

その結果ヴェルサイユ宮殿の一般人立ち入りの許可が出されている区画や、パリ郊外の見晴らしの良い場所に行ってランチを楽しむことがブームになりつつあった。

またフランス国内にいるユダヤ人コミュニティもオーギュストを支持する声で満ちあふれている。

欧州各地で散らばっていたユダヤ人コミュニティにもその報が伝わり、ユダヤ人の中でも富裕層を中心にフランスへの投資が段階的に行われようとしていた。

そんな中、ヴェルサイユの下町では非番の使用人たちが昼間から酒場「タンタシオン・ソルベ」でくつろいでいた。

今日から施行された「ヴェルサイユ宮殿の大規模な人事異動・整理」では、段階的に使用人の数を減らすことになった。

それでも王太子が次の就職先を手配したうえに引っ越し費用をすべて国が負担することを受けて彼らはそれぞれの就職先の情報を話し合っていた。

「……そうか、お前はパリのほうに行くことになったのか」

「ああ、一二月からテュイルリー宮殿のほうに仕えることになったよ。うちの班じゃこっちに残っているのはエリスとマルコぐらいだ。段階的に減らしていくみたいだし、業務内容も大幅に変わるんだろ?」

「これまでの業務を統合化する代わりに、賃金などは大幅に上げるらしいぞ。やることが増えた分、効率化とやらを進めるのだそうだ」

「なるほど……でも確かに一日中水を持っていたり、パンや配膳だけをする係もそれだけしか仕事がないのは辛いもんな」

オーギュストは使用人たちを混乱させないように、段階的にヴェルサイユ宮殿から使用人の人数を減らすことを説明した紙を配布したのだ。

配布された紙には使用人の数が膨大すぎてヴェルサイユ宮殿において大きな赤字を出してしまっていること、さらに業務内容を見直して一七七五年までに宮殿の運営に必要な人数である一三〇〇人前後にする計画などを出した。

二五〇〇人以上の使用人が数年以内にヴェルサイユ宮殿から去ることになるが、業務見直しと整理が完了次第段階的に人員削減が行われる。

あまりにも業務内容が単純なものは軒並み統合化が図られた。

配膳係や水差し係は統合化された結果……サービス課に。

ロウソク係や窓ふき係、それに芝刈り係は施設整備課。

厨房にいる料理人や食料の買い出しを行う者を調理課という感じに、各課ごとに統合化が図られたのだ。

課といっても使用人の人数は千人以上いるのだ。

各課でも二〇人から最大で一五〇〇人もいる課も存在している。

そうした人数の多い課はナンバーが割り振られており、ヴェルサイユ宮殿のすぐ近くにある建物を国が買い取って事務所として構えることになったのだ。

さらにオーギュストは使用人たちへの意欲向上に向けた勤労オプションの充実性にもスポットライトを当てた。

末端の使用人は安価な給料で、上司からのパワハラや住み込みで働いている家主から法外同然の家賃を巻き上げられることが珍しくもなかった。

そこでオーギュストはヴェルサイユ宮殿周辺のアパートや近隣のホテル数軒を八月二九日付けで買い取って使用人専用の宿舎にすることを発表したのだ。

『我々を支えてくれている使用人たちの大半が、これほどまでに劣悪な環境で住み込みで働いているのには心が痛む。宮殿で懸命に働いている彼らの生活水準を上げて仕事の質を大幅に向上させるのだ』

その報が使用人たちに伝わると、彼らは涙してオーギュストを讃えた。

劣悪な環境下で法外な家賃を支払っていた使用人たちは、王太子の改革が嘘ではなく本気なのだということを知ることになった。

さらに、人員削減でどうしても去ってしまう者には退職金や次の就職先の斡旋を国が行い、さらに引っ越し費用まで全額負担をするという。

オーギュストは使用人たちの希望の星でもある、去ってしまう者も決してオーギュストのことを悪く言う者は誰一人としていなかった。

「王太子様は俺たちのことを良く思っているんだ。今回の人員削減もやむを得ないことだったんだろう。だけど退職金や引っ越し費用、それに次の就職先まで探してくれるんだから慈悲深い御方だよ」

「ああ、お前もテュイルリー宮殿で頑張ってやっていけよ」

「そっちもな、それじゃあいつもの乾杯の音頭をやるか！」

「おうよ！」

「「「王太子様に乾杯！！！！」」」

酒場「タンタシオン・ソルベ」ではこれから行われていくであろうオーギュスト主導の改革を期待しているのだ。

ここでは約束された希望として使用人たちの士気も高くなっていたのであった。

38：ネグリジェ

抱擁。
この二文字の言葉っていいよね。
本当に。
実感すれば分かる安定感。
肌と肌が重なっていて、互いの身体の温かさが伝わる距離。
これを体感してしまうと本当に止められねぇ!!!
たまらねぇぜ!!!
現在アントワネットと絶賛抱擁中だ。
目の前にいる彼女を俺は優しく抱きしめている。
流石に服は身に着けているぞ。
身に着けていなかったら謎の圧力で消されているかもしれないからな!
薄着だけどさ、これ……ネグリジェといってワンピースみたいな寝具なんだよね。

そこまでスケスケってわけじゃないが、やはりこう……男としてはネグリジェを身に着けている女性と抱擁していると心にグッとくるものがあるのよね！！！

きゅんとしてしまうぜ！

ここ最近忙しくって互いにベッドで寄り添いながら寝る時間がなかったから久々に一緒に寝ることにしたんだ。

そしたらアントワネットがスゴイ喜んでね……。

身体を念入りに風呂で洗ってきたみたい。

俺もちゃーんと毎日風呂に入って身体を綺麗にしてきているよ。

俺が風呂に入るようになってから宮殿内ですれ違う人の体臭が若干和らいだような気がする。

あれかな、風呂に入ると健康に良いよ！　って周りの人たちに宣伝しまくったからかね？

最近はバスタブを購入したりする人が富裕層を中心に増えてきているらしい。

これを機に衛生的な環境をしていこうとプラスな視点で考えるとイイね！

お風呂……お風呂といえば温泉にも入りたいねぇ……。

アレ？

フランスにも天然温泉があったような……。

割と有名な温泉があったハズ。

確か……パリ近郊にあるアンギャン・レ・バンだっけ？

この時代で既に温水が見つかっているハズだから調べれば出てくるかもしれない。

温泉があれば温泉療法も試せるし、収入源にもなるな！

おぉ、また財源が確保できるかもしれない資源の発見ができたぜ！！！

温泉の話はここまでにしてだ……。

アントワネットがネグリジェ身に着けて寝ている姿……とっても愛らしいな。

なんというか、こう……まだ少女って感じだよ。

もうすぐ一五歳になる彼女は身体の成長期を迎えている。

当然、それは大人に近づいているということだ。

最初ヴェルサイユ宮殿に初めて来て以来、彼女の身体は徐々にだが確実に大人の女性へと変化している。

一四歳から一六歳というのは身体の成長期が著しくなる時期だ。

俺もそうだけどね。

まだ一五歳……これからどんどん身体が大きくなれば、いずれは後継者育成のためにアントワネットと子供を作ることになるかもしれん。

それでも……だ……。

俺は女性とは性交渉をしたことは一度もない！！！

転生前に至っては女性と付き合ったこともなかった。

こうして抱擁しているだけでも心臓バクバクなんだよね。

だからこれ以上の行為となれば……もう有頂天が天元突破してしまいそうだ。

ルイ15世にそのことを話したら「お前もまだまだ子供のようなところがあるのじゃな」と笑いながらからかわれました。

いや、貴方は性欲凄まじいから規格の対象外ですよと言いたくなったわ。

それと彼女の身体のことを考えれば安全に子供が産める一八歳ぐらいになってからするべきだと考えているんだ。

んでもって官能小説やエロゲーみたいに即夜戦できると思ったら大間違い。

男もそうだが女性というのは行為の前というのはどうしても緊張してしまうものだ。

この緊張をいかにリラックスさせることができるかが勝負だとルイ15世は語ってくれた。

さすが最愛王、持ち前のテクは伊達じゃなかった。

彼のそうした行為に関するアドバイスはかなり勉強になった。

「よいかオーギュスト、もしお主がアントワネット妃を女性として抱く時があったら必ずフォローをするのを忘れるでないぞ。でなければいくらお前を想っていてもフォローがなければ女性は不安になってしまうからの」

「フォローというのは気遣いのことですか？」

「それもあるがな……そうした行為を始める前に緊張を解しておくといい。そうすれば大抵の女性は受け入れてくれるのじゃ。それから行為が終われば女性を褒めることを忘れてはならん」

「褒める……ですか？」

「そうじゃ、相手を優しく抱きしめて耳元で「ありがとう」とか「痛くなかったかい」とか気遣いをせねばなるまい。それがなければ相手には不信が残るだけじゃ」

最愛王ルイ15世。

こうしたアドバイスは本当に的確で詳しかった。

その努力を政治や経済に向けてほしかったんですけどね……。

そうすれば俺がここまで苦労せずに済んだんだ……。

でもアントワネットと一緒にいられるというのはいいことだね。

よく考えれば俺にとっちゃプラスですね、ハイ。

そんなことを思い出しながらアントワネットと抱擁している。

彼女は抱擁したまま眠っている。

眠りについている彼女を無理に起こす必要はない。

このまま彼女の香りと肌の感触を感じながら再び眠りにつこうかな。

まだ朝の四時ぐらいだしね。

八時には起床のモーニングコールが鳴るわけだし、それまではこうして二人っきりで寝るのがいいだろう。

俺はアントワネットをゆっくりと抱きしめてから再び眠りについたのであった。

39：届かぬ想い

……。


私は今、オーギュスト様の鼓動を感じております。

ドキドキと……心臓の音が聞こえてきます。

いつも私のことを抱きしめてくれるのはオーギュスト様だけです。

温かくて……それでいてこれほどまでに誰かを求めたくなるような熱い鼓動が私の心の中にまで入り込んでくるのです。

最初に初めて会ったときは、少々突飛なことを話す人だと思っておりましたが、話をしていくうちにオーギュスト様がフランスの民のことを考えていることに気づかされました。

フランスの経済状況が悪化していることは私も十分に承知しておりました。

ですが、オーギュスト様はこれらを全て改善したいとおっしゃいました。

井の中の蛙大海を知らず……。

そんな東洋のことわざのように、私はオーギュスト様と話をしたことで知ってしまったのです。

未熟者は自分自身だったのだと……。

私は婚約の件でオーストリアから離れるのがとても嫌でした。

辛く、鬱々とした日々をこれから過ごしていくのかと内心緩やかな曲線を描く下り坂を降りていく気分だったのです。

そして、私を幸せにしたい。

力を貸してほしいと手を差し伸べていただいたとき……。

私の心で溜まっていた緊張が一気に解けてしまったのです。

張り詰めていた自分自身の想いが涙となって流れていきました。

その涙を受け止めるようにオーギュスト様は私を抱きしめてくれました。

ああ、温かい。

お母様のように温かい温もりをその時に感じたのです。

それからは、私はオーギュスト様のために尽くすことを誓ったのです。

未熟で……それでいてワガママな自分を正そうと少しずつ努力を重ねました。

オーギュスト様もそれを理解していたみたいで、私と一緒にお勉強をするようになりました。

ウィーンにいた時はあれほど嫌いで集中できなかった勉強が、オーギュスト様と一緒に学ぶだけで理解できるようになったのです！

思わずお母様に送る手紙にも書いてしまうほどでした。

さらにオーギュスト様は私のために昼食を作ってくれたうえに、ヴェルサイユ宮殿のお庭でピクニックと称してご飯を一緒に食べると、いつになく心が透き通っていく気持ちで満たされていきます。

オーギュスト様が作ってくださる食事は簡単なメニューが多いですが、その代わりにどれもシンプルながら美味しいものを沢山作ってくれます。

最近では国王陛下から料理の作り方などを学んでいるそうです。

こんなに、男性の方で一緒にいて素敵な気持ちになれるのはオーギュスト様だけです。

オーギュスト様と一緒にいるだけで、気分はどんどん高揚していくのです。

真新しいドレスや煌びやかな宝石の誘惑も、オーギュスト様には敵いません。

いつまでも一緒にいたい……そう思ってしまうほどに、私の心はオーギュスト様によって埋め尽くされてきております。

嫁に来る前はあれほど嫌いだったデュ・バリー夫人も、オーギュスト様の説明を受けたお陰で彼女に対する印象は改善しました。

ですが、デュ・バリー夫人とはあまり話さないままで終わってしまったのは少々残念でした。

もし夫人が生きていればいろいろと教えてもらえたのかもしれません。

オーギュスト様はいつも挨拶を欠かさない御方です。

私だけでなく、随行員の方や侍女、そして目下の者にも声かけなどを行っているのです。

本来であれば気にもかけないような人でも、オーギュスト様は進んで声かけをしており、一度なぜ声かけをするのか尋ねたことがあります。

「それはね、上に立つ人は部下の管理もしっかりと見なきゃいけないからだよ。直属でなくても働いている人が苦しんでいたり悲しんでいたりするのは見ていて辛いからね……だから進んで声かけをしているのさ」

オーギュスト様の持論は、たとえ直属の部下でなくても報告や行動、そして仕草でおおよその状態が分かってくるとのことでした。

オーギュスト様の気さくな心がけによって、少なくともヴェルサイユ宮殿ではオーギュスト様への評価はとても良いです。

そうした小さいことの積み重ねがオーギュスト様の素晴らしい人柄を表しているのだと直感で感じ取っております。

今日もまた……。

そのオーギュスト様と共に抱擁して眠っています。

オーギュスト様は抱擁以上のことをしようとしたことはありません。

曰く、身体が成熟する頃合いが一八歳ぐらいだからと仰っていたからです。

なので、今からあと最低でも三年間……これ以上のことができないことだけが残念です。

どうしても身体が求めようとする時があるのです。

自分自身でそのことを理解はしています。

あまり早くに初夜を迎えてしまっても赤子が死産したり未成熟な状態で生まれて命を落としやすいと、オーギュスト様に去年発行されたばかりのフランス・アカデミーで収録された医学書などから引用して私は説明を受けました。

「アントワネット……もしかしたら欲求不満でいろいろと気持ちが溜まってしまうかもしれない。その時はどんなに些細なことでも構わないから吐き出してもらえないか？」

「気持ちを……ですか？」

「そうだ、俺たちは若年ながら夫婦になった。でも、まだ人としては成熟に達していないんだ。あと三年で少なくとも肉体的に成熟期を迎えるんだ。その時に、君との初めてを交わろうと思う」

「では、私が一八歳になった日に……私を……？」

「ああ、だからその時まで待っていてくれないか？　一八歳になったら君を妻として……夫婦の責務を果たそう」

責務……。

一八歳になった時に、その役目を果たせるかもしれません。

まだまだ私は未熟者です。

ですが、それでもオーギュスト様のお役に立ちたいです。

フランスと、そして故郷のオーストリアとの友好の架け橋になれるようにしていくつもりです。

いずれ子供を作るときまで……こうしてオーギュスト様と一緒に抱擁することで、互いの距離が縮まっていく感じを体感していきます。

オーギュスト様の優しさと想いを一つにして、私は今日も温かい抱擁で心を安らかにして朝を迎えるのです。

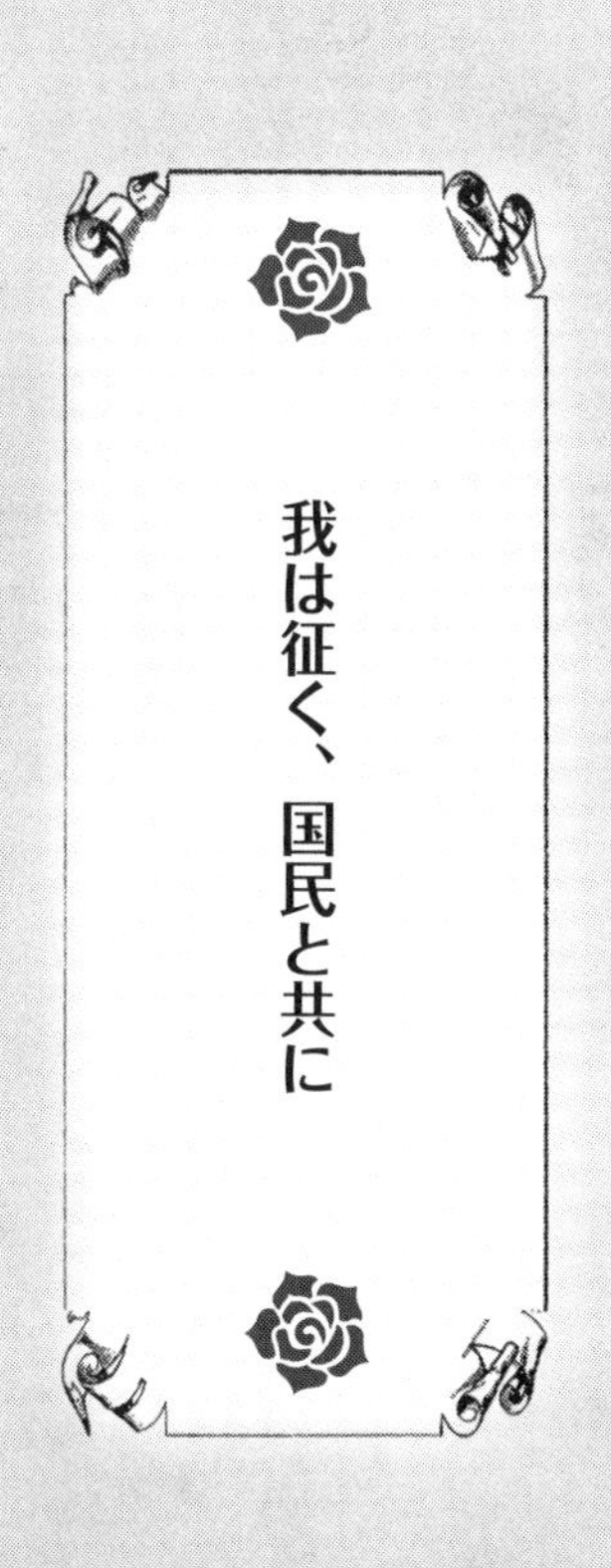

我は征く、国民と共に

40：共同作業って楽しいよね

一七七〇年九月二日

二度寝したけどおはよう。

早速だが、今日は文明の夜明けを感じる朝となっている。

あぁ～文明（シヴィライゼーション）の音が鳴ってくるぞ～！！！！

なんと言ってもワット氏が開発した蒸気機関のサンプルモデルがパリに到着したんだ！

一応これは英国から直輸入したわけで、その……思ったよりも費用がかさんでしまったんだ。

去年の最新モデルだしね。

入手方法には思いのほか手こずったし、禁断の骨董品トレードをしまくってようやくゲットした代物だ。

でもこれはあくまでも研究用として活用する予定だ。

いきなり実践しろと言われてもまだまだフランスには技術者がいない。

科学者を中心とした技術者の呼び込みを行ってはいるけど、それでも人手が足りていないのが現状だ。

なるべくイギリスと肩を並べるぐらいには産業の基盤を整えておきたいんだ。

基礎をしっかりしておかないとぐらついて倒れてしまっては元も子もない。

というわけで、こうした蒸気機関を使ってフランスが産業革命の波に乗り遅れないようにするぞ。

特に、こうした工業化に伴う産業社会というのは莫大な資金が必要になってくる。

初期投資がそれまでの人力のコストより高くなってしまうので、コストが人力よりも低いことを証明しなければならない。

うーむ、ゲームのようにアイテムや青写真を設置して終わりというわけにはいかないのだ。

大事な時期に革命ばかり起きてしまったことでフランスは欧州でも工業化に遅れ気味だった。

そうした経緯を踏まえても、工業化とそれに伴うインフラ整備は欠かせない。

インフラが整備されていない場所だと運搬に時間もかかるし、何よりも人の通りが制限されてしまう。

そうなってせっかく工業化に成功してもインフラの設備投資が上手く行かないと話にならない。

両方とも内政の基本中の基本ともいえる作業だ。

ふふふ、最近はアントワネットと一緒に作業しているからむしろ楽しいぞ、コレ。

「オーギュスト様、何やらご機嫌ですね」

「あ、やっぱり分かった?」

「ええ、顔に出ておりますよ」

「そうだね……やっぱりアントワネットと一緒に作業しているのが楽しいからつい顔に出てしまうんだ」

「まぁ！　私もオーギュスト様と一緒にいると楽しいですよ！」

「おほぉ〜！！！　嬉しいねぇ！　それじゃあこれからどんどん頑張ろうか！」

「それじゃあ、そっちは何か変えるべき箇所があったら教えてね」

「はい！」

「お任せください！」

ヴェルサイユ宮殿のすぐそばに設置された施設整備課でアントワネットと一緒に行っているのはヴェルサイユ宮殿で新設する手洗い場とトイレ、そして風呂場の見取り図作成だ。

なんでそんなことをしているのかといえば、やはり圧倒的にヴェルサイユ宮殿にトイレが足りていないのが原因なの。

やっぱりいまだに中庭の茂みとかに糞尿を捨てちゃう人が多すぎるんだよなぁ……。

その前にトイレの数が少なすぎる。四千人以上が働いている宮殿内だけどここでは王室や大貴族しかトイレを使用できないのだ！

なのでどうしてもトイレに行きたくなったら人のいない物陰でするしかないんだ。

転生して以来、それってどうなのよって思っていたわけ。

働いている人だって男性も女性もいるわけだしね、特に女性のことを考えればトイレの設備は至急に行わないといけないんだ。

何よりもいまだに宮殿内でも近くの庭に行けば臭いキツイし。

なのでこの際思い切って宮殿内の衛生環境向上と、労働意欲向上のためにトイレを中心的に手洗い場と風呂場を大規模に増設することに決めたんだ。

「……で、これは決められた予算内でできるのかい？」

「はい、これだけの資金があれば大丈夫です」

「そうか……では、予算編成はこのぐらいにしておこうか」

「仰せの通りに……」

施設整備課の課長さんと話し合いを行った結果、費用は幸いにも予算で賄える金額だった。

そしてしっかりと耐久性に優れている便器や浴槽などを購入予定だ。

移動式か設置式かで悩んだが、やはりここは思い切って設置式にしようということになった。

現在は木の板で塞いだ間に合わせの仮設便所をヴェルサイユ宮殿にいくつか設置しているけど、それでも間に合っていない状態だ。

移動式は利便性が高い代わりに、容器の中に収納できる量がどうしても制限されてしまっている。

おまけに移動式トイレを誤って横転させた暁には異臭まみれになるだろう。

それにだ……。

最初はアントワネットを参加させるつもりはなかったんだが、お風呂の増設工事などをする予定だと伝えると、本人が飛びついて来たんだ。

浴槽を大きなものにしたり、入浴の風習や衛生改善の大切さを身近にしてもらうためだと説明すると、是非とも一緒に作業をしたいと申し出てきたんだ。

博打やら夜遊びするよりはずっといいし、どんな形であれ宮殿内の環境を良くしようとする心意気は大事だよね。

まずは身近なところから、それからどんどんと外に向けていく感じで改革をしていこう。

今日と明日の午前中の作業はヴェルサイユ宮殿の改築案を纏める予定だ。

ざっと試算した結果、合計して約一五万リーブルぐらいになるらしい。

宮殿内の改築とはいえ、豪華絢爛な壁画を描くわけじゃないのでこのぐらいの値段で済んだようだ。

あと疑似農村集落「ル・アモー・ドゥ・ラ・レーヌ」も建設するが、これは王立農園実験場として機能するように衛生的に良い状態で一七七三年までには稼働させる予定でもある。

全部まとめて作ったほうが建設費用もいくらかは安くなるからいいね。

ちなみにリーブルとはフランスで現在流通している通貨のことであり、現代の価値で一リーブルが約五千円前後にあたるのだ。

これを現代の日本円に換算すると改築費用に約七億五千万円か……。

ま、まぁ悪臭の源を取り除く費用と思えば安い物だ。

よく分からない芸術品や競馬や博打につぎ込むよりは遥かに健全だ。

あと浴槽だが……。

どちらかといえば大人数で入れる浴場を作る予定だ。

身分問わず宮殿に仕えている人たちがリラックスできる場を設け、意欲向上や意見交換の場として利用すると思えばいい。

俺やアントワネットを支えてくれている人たちの福利厚生も兼ねてやっちゃうぞ！

もちろん、この改築事業は人々への福利厚生とパリ市内にも公衆トイレなどを普及させるためのデモンストレーションも兼ねた公共事業としてやってもらう。

ゆくゆくは工場や産業などの基礎を作る際にも公共事業として労働者を多く活用していけたらいいかなと考えている。

あ、ちなみにトイレや浴場での不純異性交遊は禁止なのでそこのところだけは守ってもらいたいものだ。

発展場じゃないからな、マジで。

この間も資料室で男女が不純異性交遊していたみたいだから関係者を厳重注意処分にしておいたわ。

二度目はないよ！

ここで、後ろにいた随行員の人から午前一一時になったとの知らせが入った。

「王太子様、あと一時間後に昼食となります」

「あれ、もうそんな時間か……ではまた時間になったらよろしくね」

「かしこまりました……」

ここでの作業が終わったら、昼食を挟んで午後には大貴族との会合がある。

大貴族か……やはり農奴制廃止の件だろうね。

恐らく断固反対の意思でやってくるんじゃないかとは思うが、それでも彼らにはキチンと説明はするつもりだ。

午後のことも考えながら、俺はアントワネットと一緒に作業に打ち込んでいたのであった。

41：君には医者を送る必要がありそうだ

昼食を食べ終えてから向かったのはヴェルサイユ宮殿内にある部屋の一室であり、国王陛下の寝室のすぐ隣にある閣議の間だ。

青色っぽい染色が施されたテーブルカバーや椅子が特徴的な部屋だ。

これから行われる会議は大貴族との対立でもあるし、王太子である自分の意思を示す場でもある。

はきはきしていなければあっという間に空気に飲まれてしまうだろう。

なので俺は昼食を食べ終えてから一〇分ほど個室で仮眠を取って頭をスッキリさせた状態で大貴族との対談を始めることになった。

閣議の間に到着すると、すでに対談相手の大貴族が待機していた。

おっとりとした見た目をしている人物を中心に、三人ほどの取り巻きが囲んでいた。

なるほど……彼がフランス王国において国土の五%あまりの土地を保有している国内有数の大貴族の息子……オルレアン家の次期当主、ルイ・フィリップ2世だ。

俺はこの人嫌いなんだよね……でも今はそんなこと言っている暇はないので手短に挨拶は済ませよう。

営業スマイルを維持しながらフィリップ2世に近づいて俺は握手を交わした。

「これはこれは、わざわざヴェルサイユ宮殿までお越しくださってありがとうございます」

「いえ、こちらこそ王太子殿下との会談を取り付けてしまって申し訳ないです。しかしながらどうしてもお話ししたいことがございましたのでやってきました」

「それはそれは……では話をしちゃいましょうか。何か飲みたいものはありますか？」

「いえ、先ほどまでコーヒーを頂いておりましたので大丈夫です」

「そうですか……」

何かとこの人とは反目してしまうな……。

それもそのはず。

このルイ・フィリップ2世はアントワネット妃を中傷しまくってフランス革命時にちゃっかりと革命側に立って王族関係者を裏切った卑怯者だからだ。

ブルボン家の分家の一つである王位継承を狙っていたとも言われているが、進歩的な貴族や革命派、さらにパンを求めていた市民たちを言いくるめて革命を助長させた詭弁性は非常に危険でもある。

(この人が来たってことはロクなことじゃないよね……)

嫌な感じになるし、おおよそ考えられることとしては俺の改革案に反対するために、わざわざヴェルサイユ宮殿までやってきたようだ。

おっとりとした顔立ちとは裏腹に、開幕第一声からフィリップ2世は改革案に反対する声明を強い口調で出した。

「では、失礼ながら言わせていただきます……王太子殿下が主導して行っているブルボンの改革とやらですが……我々貴族のことをなんだと思っているのですか？　ユダヤ人の移住と信仰まで保障するだなんて！　お陰で私のお抱えの宣教師はカンカンになって怒っておりますよ！　一体なぜあのような改革を突然公布なさったのですか！！！　それに農奴解放まで行うだなんて……あれほど卑しい身分の者たちまでなぜ解放してしまうのですか！！！」

「経済の立て直しとフランス王国を救うために粛々と行っているだけです。これからのフランス王国では農奴やユダヤ人の力が必要になります。改革は今後の経済状況に合わせるためでもあるのですよ。改革の公布の際に説明もしたはずですが……」

「ええ、説明は理解していますとも！　……それでも、それでもフランス王国内ではカトリック教会を中心に王室に対する非難の声が聞かれますぞ！！！　おまけに農奴を沢山雇っている複数の地主から私は泣きつかれて困っているほどなのです！！！」

フィリップ2世は不機嫌そうに言葉を吐き出していく。

要は自分たちの利益が減るのが気に食わないのだろう。

心理学の授業では相手を非難する時は自分の意見を反映させるために、自分の意見をあたかも第三者から言われたように語る傾向があると教わったな。

フィリップ2世の喋っている言葉はまさにそれに当てはまる。

国土の五％にあたる膨大な土地を保有しているだけあって、オルレアン家が有する土地にいる農奴の数もそこそこいる。

当然彼らを雇っているのはオルレアン家の配下となる地主たちだ。

三年後を目途に農奴解放政策を実施すると宣言しているので、農奴を使った農業が上手くいかなくなる可能性があるのだろう。

解放農奴を上手く扱いきれずに事業所として成り立たなくなれば、地主たちはあっという間に倒産してしまうことになる。

そうなれば自分たちの懐に入ってくる税収が減ってしまうことに繋がるからね。

甘い汁が吸えなくなったら暴れだすか……。

内心ではオルレアン家断絶してもええんやで？　と脅迫してやりたいぐらいだが、ギュッと堪えてフィリップ2世に農奴解放とユダヤ人への寛容令の重大性の説明を行う。

「いいですか、すでにフランス王国の経済は危機的状況が続いているのです。このままいけば国内の情勢不安が増してしまうリスクが高すぎるのです。情勢不安から暴動、さらには革命でも起こったらそれこそフランス王国にとって取り返しのつかない事態になるのは目に見えています！　そうしたリスクを減らすために短期的には赤字が出ても、長期的にフランス王国の利益になるのであれば、私は農奴だろうがユダヤ人だろうが受け入れますよ」

これから導入されていく産業を上手く活用しなければ確実に革命が発生してしまう。

学に疎い市民であれば口達者な奴に扇動されてしまうのは目に見えている。

特に空腹だったり将来に絶望している人間であればどんなことでもやってのけてしまう。

そうした人間を可能な限り生まないようにするために改革に着手したんだ。

だが、フィリップ2世は頑として譲ろうとはしない。

それればかりか俺の改革を面と向かって罵り始めたのだ。

「そんなことはペストが蔓延している場所に飛び込むような自殺行為ですぞ！！　赤字が一時だと

思っても回復しない場合はそのまま倒産してしまいます。国王陛下は浪費癖がお強い人です。国王陛下の積もりに積もった財政赤字はそうそうに改善はできますまい。いくら王太子殿下が指揮をとっても無理だと私は断言いたします！！！！」

さらっと国家元首を侮辱しながら責任を俺に押し付けようとするなんてこの人は大したものだと思わず感心してしまった。

とにかくマイナス面だけをたたき売りにしているような言い方だ。

フィリップ2世や取り巻きの連中には自信があるのだろう。

かなりにこやかでこちらを挑発するかのような表情で見てきている。

ハハッ、堂々とした反抗的精神……やりますねぇ!!

会議は序盤から波乱の展開になっていくのであった。

42：ネギトロ丼一杯五〇〇円で腹いっぱい食べたい気分

「では、貴方は改革には反対の立場を取るということですか？」

「これはあくまでも改革に対して個人的な感想を述べているだけです。しかしながら父や私はこの改革案に強い懸念を抱いているのは確かです」

フィリップ2世は明確に反対とは言わなかった。

しかし口調やその内容からして改革に反発しているのは俺でも分かる。

なぜ反発するのか？

それは安価でこき使うことができた農奴をこれからは政府が決めた賃金を支払わないといけないことになったからだ。

既に俺が所有しているベリー州では農奴の最低賃金を上昇させて、農奴を農園労働者として働かせているんだ。先行的な社会実験も兼ねて行われている。

事実上農奴制を廃止しているのだが、農業を長年にわたってやってきた彼らの大半は同じ地に留まって農園で働きたいと申し出たのだ。

そこで、彼らを農奴ではなく労働者として働かせて給料も見合った額を支給するように命じているんだ。

彼らを管理している各農園代表者にはキチンと雇っている人数や作業時間を報告し、元農奴に対するパワーハラスメントやピンハネなどをしていないか調査している。

調査は国土管理局の管轄下で行われており、ベリー州の州都ブールジュの廃れた酒場を改装した場所に労働基準監督署を設置してある。

違反管理者は取り締まらないとね。

まだこの試験制度は開始されたばかりだが、これで元農奴の労働意欲向上に繋がるだろう。

何もしないよりはよっぽどマシだ。

労働者階級を抑制したり弾圧をすれば、それだけ人数の多い彼らを鎮圧するのは難しくなる。

今までの環境があまりにも劣悪だし、環境を王太子主導で改善すればそれだけ労働者階級からの支持も得られるというわけだ。

だが、フィリップ2世は面白くなさそうに改革案に対する意見を俺の前で言い続けた。

「しかし……王太子殿下、貴族の大半はこの改革案を良しと思っている者は少ないですぞ。それを理解しておられるのですか？　やたら平民やそれ以下の者たちを助けようなどと……いくらこれからの経済状況改善のためであるとはいえ、これは失敗するやもしれませんぞ？」

「失敗ですか？」

「そうです。大規模荘園を持っている者たちは農奴たちに飯と畑を与えるだけで良かったのです。改革案が公布されたことで飯と畑以外にも金まで要求するようになってくるでしょう。金が払えなくなれば間違いなく荘園は破産しますぞ」

「そうですか。しかし荘園が破産するということはそれだけ経営能力がなかったというだけでは？」

「経営能力がない……？　いやいや王太子殿下、それだけ多くの荘園が破産すれば荘園を有している貴族や聖職者が路頭に迷うことになりますぞ！！　それをご理解しておられるのですか！」

「ええ、理解していますとも。だから農奴解放を公布したのですから」

「!?」

フィリップ2世は驚いた顔で俺を見ている。

農奴を解放して荘園経営が上手くいかなくなるようであれば、それだけ経営能力がない無能がやっているという証だ。

そうした破産した荘園は国が安く買い取って国有地化すればいい。

それで国営企業のもとで多種多様な野菜やフルーツの栽培、もしくは余った土地で工場の建設などを行うことにすればいい。

ふんぞり返って貴族や聖職者の身分に甘んじて全国三部会で改革案を妨害しまくるような無能な上級階級者は必要ない。

これからのフランス王国には進歩的、もしくは開明的な人間が必要になってくる。

そのために優秀な人材や知識階級者をスカウトしたりしているのだから。

現在進行形でそうした人々は俺の行っている改革案をサポートしてくれている。

人々を思う気持ちが大切なんだよね。

それに、農奴解放政策にはちゃんと期限を設けているうえに保障負担とかも国がやるって説明しているはずだけどなぁ……。

俺がいろいろやるのが不服なのかもしれない。

じゃなきゃこんなこと言わないよね。

歴史的事実を基に言わせてもらえば、フィリップ2世はかなり浪費家だし去年に結婚したばかりの妻がいるにもかかわらず、既に愛人などに現を抜かすような人格に問題ありな輩だ。

これでも国王の地位を狙って革命を扇動するようなクズだから余計に質が悪い。

厄介な上級階級者と言えばいいだろうか。

とにかく、こいつにいくら丁寧な説明をしても無駄だろう。

俺はこの改革に無意味な非難ばかりしているフィリップ2世との会議を打ち切る決断をした。

「これ以上話しても平行線を辿ってしまうようですし、一先ず会議はこれまでにしておきましょう。オルレアン公にはよろしく言っておいてください」

「分かりました。王太子殿下も貴重なお時間を頂きましてありがとうございました」

「いえいえ、それでは気を付けてお帰りください。この時期は暑いですからね」

俺は不満顔のフィリップ2世をヴェルサイユ宮殿の手前まで見送ってやった。

本当なら閣議室でドアを指さして「帰って、どうぞ」と言いたかったが、さすがに自重して営業スマイルで乗り切った。

フィリップ2世も言っていたが、少なからず貴族や聖職者など身分階級の中でも上位の者たちから不満が出ているのは確かだろう。

（これからが正念場だな……あのフィリップ2世もそうだけど、他の貴族や聖職者からの妨害や嫌がらせ行為とかにも気を付けないと……）

まだ国王になったわけではないし、年齢的にいえばまだまだ若い。

一六歳の王太子から改革案を提示されて「分かりました」と従う貴族や聖職者は少ないと思う。

でもこの改革案を実行しなければフランス王国は史実同様に革命が起こるだろうし、いずれにしても王太子である俺が主導的に行えば、失敗しない限りは民衆は支持してくれるはずだ。

逆を言ってしまえば中途半端に実行するのが一番危険だ。

貴族や聖職者の圧力に屈してできませんでした、ビクンビクンと感じてしまえばその時点で能力なし、圧力に屈するヘタレの烙印を押されてしまう。

（諜報機関だけで足りない場合はスイス傭兵部隊や開明派の軍人を仲間に入れておこうかな）

軍事面のリソースの割り振りもしっかり決めないとね。

ここまで改革は予定通りに進んではいるが、まだまだ財政面でも不安が残っているのも事実だ。

これからのことも考えて、フランス国内の防諜活動を本格的にやろうと思う。

それからオルレアン公を失脚させるために謀略も視野に動き出そうとしていたのであった。

43：9900K

アントワネットの場所に戻ろうとした際に頭の中で、ふと思い出してしまう。

転生前の記憶。

忘れもしない、日本人としての記憶がフラッシュバックで蘇ってきたんだ。

便利で、それでいて高性能で……科学が発展していく二一世紀の日本が懐かしく感じる。

あの忌まわしきブラック企業の勤務内容……業務が辛かったとはいえ、それでも給料は良かったので何分にも金銭面では不自由しなかったな。

仕事終わりにたまに行く焼き鳥屋で欠かさずに食べていたねぎま……あれは塩とタレを交互に食べるのが好きだったなぁ……。

ただし、唐揚げが出された時に断りもなくレモンを真っ先にかけた部長、アンタはダメだ！

自室で組んだゲーミングパソコン……簡易水冷却式の総額五〇万円越えのフルスペックＰＣ……当

時の最新鋭のパーツを組み合わせたモンスターマシーンでもある。

お気に入りのゲームソフトを除いて、セールで買ったゲームを購入してもプラネット内で積みゲーと化していたっけ……あれ、数万円分ドブに捨てたようなものだな……。

……んでもって、台湾人の友達とボイスチャットをしながらゲームを楽しんでいたなぁ。その人が後に世界的にも有名な台湾のパソコンメーカーMUSHITEの重役だと知って驚いたっけ。

俺のゲーミングパソコンで組立てたパーツの大半がMUSHITE製だったから、物凄く親近感が湧いたよ。

チャット機能が使えるなら、いろいろアドバイスをもらいたいものだ。

冷蔵庫の中に入れてあるストロング系アルコール飲料……確か一〇本近く入れてあったな、俺がいなくなったら誰が飲むんだ？

仮にこの時間の流れと同じように向こうも進んでいたとしたら……まだアルコール飲料や缶詰は消費期限は大丈夫かもしれないが、それ以外の食品類は全滅かもね。

冷蔵庫の中を開けたくないぜ……。


同人誌即売会……。

ネット仲間とよく行ったなぁ……同人誌即売会は年に数回訪れるオタクたちの祭り……勿論、オタクの端くれである俺も参加したぞ。

同人誌を買い過ぎてりんかい線のホームで、ぎゅうぎゅうに同人誌を詰め込んだ袋が破けて中身をぶちまけたっけ……。

おまけにぶちまけた中身がキワドイ成年向けの本だったな……ウッ、心理的にダメージが！

黒歴史まで思い出させるのはやめて差し上げて。

もう転生してから五か月ぐらいになるだろうか。

僅か五か月……されど五か月……怒涛の日々を送っている。

一八世紀後半だけに、科学は発展途上ではあるがそれでもいろいろなものが生み出されてきている時代。

だけど、二一世紀の利便性に優れた物がないから転生したての頃はジェネレーションギャップとやらでいろいろと困惑したなぁ。

だいぶこの世界に慣れてきたのと裏腹に、自分がこの世界にいる存在意義がよく分からない。

思えば歴史シミュレーションゲームを若干飲酒して酔った状態でプレイしている時にどこからともなく声をかけられたんだっけ……。

『……フランス王国を救ってくれないだろうか？』

なんか一方的に頼まれて、そのまま寝落ちしたんだよなぁ……。

今思えば、あの声の主はルイ16世なんじゃないかな？

これだけの知識と行動力があれば革命を防げたんじゃないかと思ったルイ16世の概念が俺をこの世界に引きずり込んだんじゃないだろうか？

おいおい、SF映画みたいな黒幕説は勘弁してくれ。

でも、それだとある意味納得してしまうんだよな。

ここまで行動力があればフランスは嫌でも変貌を遂げるだろうし、既に賽は投げられた状態だからね。

問題は、賽をいかにして着地させるべきかだ……。

あのフィリップ2世やオルレアン公を含めた大貴族や大聖職者からしてみれば、俺の改革案が気に食わないみたいだしね。

もう改革案を公布して数年以内に確実に実施しますよ～と宣言しているので、これを覆すようにするにはクーデターしかないわけだけど。

彼らにできるかなぁ～これ？

諜報機関には報告などを必ず行うようにはしてもらっているし、ヴェルサイユ宮殿の守衛やスイスの傭兵、国家憲兵隊は俺に忠誠を誓っているみたいだけど、いかんせんこれからのことを考えるともっと警備体制だけじゃなくて国軍の増強も必要になってくるな。

でも、今改革している真っ最中だから軍にお金をかけるにしてもその分膨大な費用が発生してしまうのが難儀だねぇ。

さらに言えば、アメリカやインドでの戦いでフランスは連敗続きだったこともあってか、士気が低い状態なんだよ。

お金をかけるにしても大英帝国のように膨大な資金源がないと船すら動かせない事態になってしまう。

大英帝国……。

……！　思い出したぞ。

あと五年でアメリカ独立戦争が勃発するじゃん！

一七七四年頃に関係が急速に悪化して、一七七五年には戦争状態になっていたはず！

その時にフランスはアメリカ側に立って戦争に参加したけど、あんまり旨みのある土地が貰えなかったうえに戦費嵩みすぎて財政難に……結果的にフランス革命を引き起こした要因の一つだわ。

あぁ……アメリカはどうするかなぁ～……。

個人的には西部辺りの利権を欲しいんだが……。

あの辺りはまだ未開拓地じゃなかったか？

インディアンの先住民族の人々が住んでいたはずだけどね。

西部には確か金とか有数の鉱山があったはずだし、何よりも太平洋への航路が開かれるので日本との同盟が結ばれた暁には、太平洋の利権がフランスにじゃんじゃん流れ込んでくるかもしれないね。

一方で、イギリス側に立って参戦するのも一つの選択肢だけどなぁ……。

俺はゲームとかはともかく、実際の戦争というものは好きではないし、人が大勢亡くなるような事態になることは避けたい。

それに、あまりそうした厄介事には首を突っ込まないほうがいい。

俺の世代は良くても後の世代でいろいろと言われそうだからね。

仮にフランスがアメリカ合衆国側に立たずに中立、もしくはイギリス側についていたら世界史は大きく変わるだろうね。

独立戦争が鎮圧されて大英帝国の影響を強く受けた傀儡国家でも誕生しそうだな。

うむ、アメリカ大陸の情勢も注意深く監視しておこう。

それからだ……。

改革を行ううえでどうしても必要な人がいる。

俺はあと三時間後に、その人と密談を行うつもりだ。

今日は色んな人とひっきりなしに会うから結構ハードスケジュールだぜ。

小休憩を取りつつ、密談を行ううえで必要な資料を持ってその人物との対談を行う手筈を整えるのであった。

44：財政長官

午後四時三〇分、約束の時間に密談を行う相手が現れた。

第三身分階級者でありながら、優れた経営手腕を持っているプロイセン王国出身の凄腕銀行家。

地毛が白っぽいのが特徴的なジャック・ネッケル氏だ。

「ようこそヴェルサイユ宮殿へ、お待ちしておりました」

「いえいえ、こちらこそ……王太子殿下がお出迎えしてくださるとは……このジャック、感嘆の極みでございます」

「あなたの手腕は耳にしております、ささっ、こちらにどうぞ」

ジャック・ネッケル氏。

彼は史実においてもルイ16世に起用された財政長官だ。

質素倹約と財政改善を行おうとしたが貴族の反対意見に押されてしまったルイ16世によって解任される憂き目にあっている。

だけどここではそうした貴族・聖職者からの圧力には屈しない。

剣を突き付けられて、くっ……殺せ！　みたいな状況下に陥らない限りは改革は実行し続けるつもりだ。

そうした改革を行ううえでも財政面で一番頼りになる強いリーダーが必要になってくる。

ヨーゼフ・ハウザー氏とも話し合ったが、ジャック・ネッケル氏の評判は良く、特に貴族や聖職者でもない第三身分階級……中産階級者だったこともあってか市民から人気の銀行家だ。

成功者としての意味合いも強い。

何かと密談という形でもあるので、ネッケル氏と会談したのはヴェルサイユ宮殿でも人気のない書籍の間であった。

書籍の間に俺、ヨーゼフ・ハウザー氏、ネッケル氏の三人で改革案を語り合った。

意外なことに、ハウザー氏はネッケル氏の知人であり、幾度か財政界で話し合った仲のようであった。

ネッケル氏はハウザー氏から既に経済面での改革案を聞き入れており、それを踏まえたうえで密談を始めることになった。

「ではまず、今回王太子殿下主導で行われた農奴解放と寛容令ですが……第三身分階級、特に中産階級からの期待が高いですな。新しい産業技術を導入したり、農奴解放や寛容令政策を行ったことで農民やユダヤ人から多くの支持を得られている。特に投資が最近多いのですよ、そのおかげでこちらとしても儲けさせていただいております」

ネッケル氏からの改革の評価は上々だった。

聞けば、寛容令によって解放されたことでユダヤ人コミュニティーが挙ってフランス各地に投資しているという。

その中でも俺の領地であるベリー州やパリ、ヴェルサイユあたりでは新規事業の企画・運営を立ち上げている商人が多くいると聞かされた。

「我々銀行家としても経済が回りだしているのはありがたいことです。それまで低迷していた経済状況も改善の見込みが立ってきております。あの改革の原案は本当に王太子殿下ご自身でお考えになられたのですか？」

「ええ、まぁ……そんなところです。原案ができ上がってからランバル公妃やハウザー氏など改革に賛同してくれる方々と修正をしながら今の形にしたのです」

「おお、そうだったのですか。いやはや、これは私が思っていたよりも王太子殿下は相当先を考えておられますな……このジャック、感服致しました」

ネッケル氏は頭を下げるほどだ。

いやいや、俺はそこまで大したことしていないからね？

特権者が納税回避するために高等法院でゴタゴタされるようなことは嫌だったので国王陛下代理としての権限をフルに行使しまくっただけだ。

国を豊かにするために投資や改革は必要不可欠だ。

「経済が良くなれば国民も豊かになる……この改革はいわば富国推進制度でもあるのです」

「私も改革案を見た時にピンときました……では、王太子殿下はこれよりもさらに改革をするというのですか？」

「ええ、まだまだ改善すべき点などもありますが……一〇年後を見据えたうえで改革を行う予定ですよ」

「じゅ……一〇年後でございますか……？」

「はい、そのためにネッケル氏をこの場にお呼びしたのですよ」

「わ、私を？」

ネッケル氏はすこしだけ困惑しているような雰囲気だ。

一応これからスカウトすることになるんだけどね。

貴族や聖職者が反発しようが構わない。

財政を変えてもらうためにはネッケル氏の税収システムを取り入れる必要がある。

だから、俺は思い切ってネッケル氏に言った。

「今度貴方の手腕を生かして財政長官の任に就いてほしいのですよ」

「……わ、私を財政長官にするおつもりなのですか？」

「ええ、貴方は市民にも人気ですし、何よりも実績がある。投資能力、経営手腕からして十分に財政を任せられると判断したのです」

「……しかし、私のような貴族や聖職者でもない者がそのような地位に立っても良いのでしょうか？」

「確かに貴族連中は不満に思うかもしれませんが、フランス王国の経済を良くするためには貴方の力が必要なのです」

ネッケル氏の協力は今後のフランスのことを考えれば必須だ。

ネッケル氏も二〇分ほど考え抜いた末に、財政長官に任命されることを承諾してくれたのであった。

事実上の財務総監としてだ。

ただし、条件付きではあったけどね。

「どこまでできるかは分かりませんが、全力で取り組みましょう。ただし、条件として第三身分階級の者も入れて頂きたいのです。それから貴族や聖職者への課税に関する法整備を許可してくださいますようお願い申し上げます」

「なるほど……分かりました。貴族や聖職者への課税義務化はこちらでも草案で上がっていたのです。ネッケル氏の意見を大いに取り入れたうえで改革を行う所存です」

「なんと……ありがとうございます、よろしくお願いいたします」

今日までに財政面における不安要素は殆どなくなったといっても過言ではない。

あとは貴族・聖職者連中をどうするべきか考えていたのであった。

ちょいとばかし毒を仕込んでおこうかな。

後になって暴れだしたら困るしね。

というわけでネッケル氏との密談を終えた後、部屋に残ったハウザー氏を通じて国土管理局に指示を送るのであった。

45：乗り越えるべき壁

一七七〇年一〇月一一日

パリ　シャンゼリゼ通り

街路樹の木の葉が黄色に染まる季節。

まだ現代でパリの名所として知られているエトワール凱旋門が建造されていないこの時代。

シャンゼリゼ通りは流行の先端をいく場所であった。

貿易商などが集めた世界中の代物を売買する場としても、この通りにある商店などは挙って流行に乗り遅れまいと常に最新の流行品を取り揃えていたのだ。

そのシャンゼリゼ通りには表の顔と裏の顔がある。

表向きとしては流行の先端ということもあって昼間は人々が多く行き交う場所として栄えている。

同時に、夜になれば裏路地では繁華街として夜の遊び場としても活用されているのだ。

特に北部オベルカンフ地区では半ば合法的に作られた娼館が複数あることで有名な場所である。

時刻は午後七時を過ぎたところだ。

周囲も暗くなり、娼館の明かりが灯される頃合いだ。

そんな場所で今宵、一人の男がオベルカンフ地区にやって来たのだ。

見た目が一〇代後半から二〇代前半と思われる男の顔立ちは勇ましさよりも可愛らしさのほうが強調されている。

茶色の頭髪で整った容姿、まさに美男子（イケメン）……そんな言葉が似合う男だ。

男はソワソワとした様子で売春宿が立ち並ぶ裏路地に足を踏み入れたのだ。

そんな容姿を見た美しい娼婦の女性たちが可愛い羊を狩る狼のように優しく近づいてきた。

「ねぇ、そこの僕くん……けっこう可愛らしい顔をしているじゃない。良かったらうちのお店に寄って行かないかしら？　サービスするわよ」

「いえ、僕は……」

「あらあら、そうやって我慢するのは身体に良くないのよ……ほら、大人の遊びをしに行きましょうよ」

「い、いえ、け、け、結構です！！！」

美男子であった男は娼婦の誘惑を振り切って、とある店に入っていった。

その店を見て娼婦たちは思わず驚いてしまう。

「まぁっ……あの子、この辺りで一番高いお店に入って行ったわよ……」

「一夜を明かすだけで二〇〇リーブルもする〝デ・クゥー〟よ？　……あの店の使いじゃなければ、貴族のお坊ちゃまだったかしら？」

「だとしたら少しだけ悪いことをしちゃったわね……でも直接手は出していないわ」

「ええ、デ・クゥーはオルレアン家が出資したと言われているお店だしね。下手に関わったら私たちがいられなくなっちゃう」

「そうね……さっ、次の男を引っかけに行くわよ！」

「ええ、そうしましょう！」

娼婦たちは男の入った高級娼館〝デ・クゥー〟に近寄ることなく、次の羊を引っかけにいった。

娼婦たちの誘惑を押しのけた男は娼館の中にたどり着く。

高級娼館ということもあってか、まるでホテルのような作りとなっている。

カウンターで商簿を眺めている眼鏡をかけた老人が男に質問する。

「六七年物のボルドーワインはどんな味わいだ？」

「少し酸味が強くて……それでいて口触りが良い、取引には最適だ」

「……どうぞ、右に入って三番の部屋です。先にお待ちしておりますよ」

老人は男に三番と書かれた鍵を男に渡す。

鍵を受け取った男はカウンターから右に入って三番と書かれた部屋に入室した。

部屋に入るがそこには誰もいない空間となっている。

が、男はさらに本がみっちりと詰まった書棚の前に立つ。

「たしか……この青い本だったな」

青い本を引くと、ゆっくりと書棚が回転していく。

書棚が横に九〇度回転すると、そこには鋼鉄でできた扉が出現した。

重い扉を三回叩くとゆっくりと開かれた。

そしてその先にいたのは四人の男たちであった。

男たちはテーブルの上にリーブル紙幣の札束や、地図などを広げてくつろいでいた。

その中で赤毛混じりの貴族の格好をした男が声をかけた。

「待ちかねたぞアンソニー！　予定よりも二〇分遅刻だぞ」

「お、お、遅くなってすみませんパトリック様、お、お、思っていたよりも手こずりました」

アンソニーと呼ばれた男はパトリックらと待ち合わせをしていたようだ。

二〇分の遅刻。

金と時間に厳しい貴族階級に属するパトリックからしてみればアンソニーが遅刻してきたことは腹立たしいことだったのだろう。

だが、遅刻した分だけアンソニーはパトリックたちに有益な情報を持ち込んできたようであった。

「……こ、こ、これが例の〝改革案〟の全体図です……パトリック様がお仕えしているフィリップ2世様もこの情報が欲しいのですよね？」

「そうだ、皆にもその図を見せてほしいのだが……いいかな？」

「も、も、もちろんです。ただビックリして大騒ぎしないでくださいよ……あなた方貴族にとって良い話ばかりですよ？」


このどこからか、非合法的に入手した改革案……。

近頃は〝ブルボンの改革〟とか〝王太子殿下の大命〟など言われている改革案。

既に二つが公布・施行されているが、それでも改革案が全部で数十に及んでいるという噂が流れていた。

実はこのアンソニーは宮殿に仕えている元デュ・バリー夫人の水差し係兼ルイ15世の諜報機関に従事していた者だ。

デュ・バリー夫人が暗殺されてしまったものの、ルイ15世が彼の人柄を評価していたため、その後に行われたヴェルサイユ宮殿内の人事異動・整理において比較的王室とも関わりの強い〝内務調査班〟という新しい部署に勤務することになったのだ。

具体的に言えばヴェルサイユ宮殿やパリ市内に住んでいる有力な貴族や聖職者たちの内情を掴むための調査を中心的に行う部署である。

小トリアノン宮殿にオフィスを持つ国土管理局を根城に活動しており、このアンソニーも諜報員としてオルレアン公の息子であるフィリップ2世に仕えているパトリック男爵に接近したのだ。

接近するためにアンソニーは苦労した。

ほぼ毎日のようにこの高級娼館に通わなければならなかったのだから。

二週間ほど連日で通っていれば当然マークされる。

貴族でないアンソニーがどうして一晩二〇〇リーブルの高級娼館に出入りできるのか？

疑問に思った〝デ・クゥー〟の管理を任されているオルレアン公派の貴族であるパトリック男爵のほうからアンソニーに近づいてきたのだ。

そしてアンソニーは部署名などは言わずに宮殿で王太子殿下の居室に入ることができる使用人として仕えていると言うと、パトリックは魅力的な条件を提示してアンソニーにすり寄ってきたのだ。

〝王室に完成間近の改革案があるはずだ。それを盗んできてほしい。もし盗んでくることができれば、無料(タダ)で毎晩娼婦を抱かせてやってもいいぞ〟

パトリック男爵の言質を取ったアンソニーは直ぐに上司に報告し、その報告を受け取ったオーギュストは偽の改革案をアンソニーに手渡したのだ。

この偽改革案をオルレアン公、もしくはその息子であるフィリップ2世に渡すことを目論んでいるのである。

当然ながら、偽改革案がすぐに貴族や聖職者社会に広がればリスクもあるが将来の革命の芽を潰すためにはやらなければならないことだ。

偽改革案を渡し、パトリックがオルレアン公の屋敷に入ればその時点で有罪が確定する。

オーギュストの地位を失墜させて王位簒奪を目論むフィリップ2世など反王太子派の失脚を目論んだ謀略というやつである。

「なになに……〝貴族や聖職者への課税は撤廃し、代わりに助成金制度を採択するように閣議決定する〟だと?!」

「それ以外にも〝庶民への食事税の導入〟までするのか?! 王太子殿下は本気か?!」

「ええ、ええ、聞けば大貴族や大聖職者への対立はあくまでも庶民への姿勢のようです。大々的に農奴制廃止などを謳ってはいますが、実のところは民衆への不満発散のための対策というわけです。王太子殿下も大貴族や聖職者からの反発を恐れたのでしょう。この間までの強気な姿勢をやめて柔軟な姿勢に戻すようです」

「なるほど……それだと確かに辻褄が合うな……公もここ二週間の間に改革案を修正させるためにいろいろな所に根回しをしたと聞いている。きっと国王陛下から御叱りを受けたのだろう」

偽改革案では貴族や聖職者たちの納税義務をこれまで通り免除したり、助成金を出したり、さらに王室の食事メニューを庶民に広げる代わりにレストランなどで食事税を徴収するなど改革とはほど遠い貴族や聖職者優遇の案がびっしりと書き込まれていた。

それを見たパトリックは、これまでに出されていた改革案はあくまでも民衆に対するガス抜きであり、おまけに大貴族を中心に改革に反対する姿勢を示したことで王太子殿下のほうから折れて、貴族や聖職者有利な改革を実施するのだろうと読んだのだ。

「ふむ、読んでみたところ……確かにこの改革案が本当であればスゴイことだな……これは確かに本物なのだな？」

「ええ、ええ、本当ですとも、その改革案のサインを見てください」

「サイン……？　な、な、これは……アントワネット妃のサインもあるではないか！！！」

そう、この偽改革案にはオーギュストだけでなく共同製作者の一人であるアントワネット妃のサインもあったのだ。

ただし、このサインは名前の綴りが一文字だけ違っていたり筆跡も異なるものであるから王室関係者が見れば一発で偽物であると分かる物である。

だが、顔ならともかくサイン……それも筆跡を注意深く見るようなことはしないだろう。

特にパトリック達が致命的なミスを犯したのはその点だろう。

「ふふふ……これがあれば王太子殿下の改革案を使って我々オルレアン家に仕える者たちも有利に立てる……ありがとうアンソニー！！！」

「はっ、お役に立てていただけたようで何よりです」

「では早速君のお気に入りの娼婦を呼んでおこう、これからはここを好きに使うといい！！！　我々は一旦屋敷に戻っていくからな」

「は、はい！！！　ありがとうございます！　パトリック様！！！」

パトリックは僕(しもべ)を引き連れて上機嫌で部屋から出て行った。

パトリックに対してアンソニーは小物らしくお礼をする。

無論これは演技だ。

小物を装うための演技。

パトリックたちがいなくなってからようやくアンソニーはひと息ついた。

「ふぅ……全く、小物を演じるのはなかなか大変だな……」

そしてアンソニーを慰めるために呼ばれたお気に入りの娼婦というのも、内務調査班から派遣された美人局であった。

名前はジャンヌであり、これはあくまでも偽名である。

ブロンドの長い髪の毛に美しく身体のラインを整えた薄着姿のジャンヌはアンソニーに報告を行う。

「アンソニー……こちらも万全よ、証拠の品は全て揃ったわ。それと言われた通り裏手に馬車を待機させてあるわ。そちらは？」

「ああ、問題ない。既に彼らは喜びながら偽物を掴んでいったよ」

「分かったわ、ところで……今日はするの？」

「いや、流石にこれから調査班に報告しに行かなくちゃならないからね……今日はパスだ。それに、今日は忙しくなりそうだぞ。指示を受けると思うからちゃんと聞くんだぞ」

「分かったわ……でも、任務とはいえ貴方と一緒になって良かったわ。任務以外でも貴方とのひと時を過ごしたいの……」

「俺もさ、また時間の空いたプライベートの時にしよう」

「……そうね、アンソニー気をつけて任務……頑張ってね」

「ありがとうジャンヌ、君も気を付けるんだよ」

そう言ってアンソニーはジャンヌの唇にキスをしてから部屋を出て行った。

アンソニーとジャンヌは任務とはいえ互いを抱いた仲であり、互いの素性を知ったのは娼館で鉢合わせした時だったのだ。

任務からいつしか男女の仲へと発展した恋物語が密かにパリで生まれていたのである。

そして、オーギュストの改革に横やりを入れようとする勢力を潰すために、オーギュストも動き出したのであった。

46：醒めちまったこのパリに……

「アントワネット～もうすぐ時間切れになるよ～」

「えっ?! ちょ、ちょっとだけ待って頂けますかオーギュスト様！」

「う～ん、どうしようかなぁ～？」

「こっ、この部分をゆっくりと動かせば……」

「ふふふ、バランスが良ければ成功するよ！　やってごらん」

「い、行きますわ……」


――ガラガラガラ！！！

「あっ……崩れてしまいましたわ……」

「よし、これで九勝一敗だね！！！」

「オーギュスト様が強すぎますわ！　この〝積み木組み立て重ねゲーム〟はハラハラドキドキしますわ！」

「うんうん、ちょうど工芸品とか作っている人に試作品を作ってもらったんだけど、なかなか良くできているね」

「これでしたら貴族だけでなく庶民の方々にも楽しんで頂けるゲームになりそうですね！」

夕飯後のささやかなひと時をアントワネットと一緒に楽しんでいた。

それは某パーティーゲームとしてロングセラー商品となった棒状の積み木を抜き取って、ドンドンと上に積み上げていく商品を作ってもらったんだ。

試作品を作ってほしいと、パリ市内の木製品を作っている製造工房に依頼すると速攻で納品してもらえたよ……。

というのも、王太子様の依頼であればと職人たちが全力で作ってくれたからだ。

期間一週間のところを、僅か三日間で……しかも完璧にヤスリや装飾などを施された状態で丁寧に細かく作ってくれたオーダーメイド品です。

装飾といっても、フランス中の街の名前を彫ったものなんだけど、それがまた凄いことに文字とかも綺麗に彫っているんだよね。

この時代の彫刻家というのは、貴族や聖職者から仕事を請け負うことがかなりの名誉とされてきた時代ということもあって、俺が注文した所がパリ市内の工房だったものだから職人総出で作ってくれたというわけ。

それでもって、この〝積み木組み立て重ねゲーム〟の木材ブロックを遊具として普及して少しばかりは国庫に貯金が貯まればいいな～と考えている。

無論、特許出願は出しているので特許申請が通ったら売るつもりだ。

そんでもって売れた分のお金は孤児院などに寄付したり、道路の整備に使ったりと公共の場に使う。

おお、これはＷＩＮ―ＷＩＮな計画になりそうだ！


――コン、コン、コン……。


アントワネットと盛り上がっていると、居室のドアがノックされる。

そろそろ時刻は夜の一〇時ぐらいだ。

この時間帯に連絡があるとなれば蝋燭交換か、それとも別の要件だろう。

念のため、要件を聞いておこう。

デュ・バリー夫人が暗殺されて以来、必ず王室関係者の居室に訪ねる際にはノックをし、所属と名前を言うようにする決まりができているのだ。

「どうした？」

「夜分遅くに失礼いたします。王太子殿下、調査班のアンソニーとボーマルシェです。配・・・達の件で報告しに参りました」

「配達の件か……よし、入っていいぞ」

部屋に入ってきたのは若々しい青年アンソニー君と、技術者であり、実業家であり、そして演劇家としても有名なカロン・ド・ボーマルシェ氏だ。

で、なぜ二人が国土管理局にいるのかというとだ……。

実はルイ15世も諜報機関「スクレ・ドゥ・ロワ」を作っていて、ルイ15世が容態の悪化を受けてスクレ・ドゥ・ロワにいた職員の大部分を国土管理局に移籍させたというわけだ。

このスクレ・ドゥ・ロワというのは「王の秘密機関」という秘密を言いふらしているような名前だったので、最初知った時は直球ネーミングセンスで食べていたパンを噴きかけてしまう寸前になったほどだ。

ちなみにこの諜報機関には、かの性別不詳で有名な諜報員……シュヴァリエ・デオン氏も在籍しているのだ。

といってもデオン氏はロンドンにいるフランス大使から嫌がらせ行為を受けたうえに毒を盛られそうになったと訴えてまだイギリスから帰国していないけどね。

フランスに帰ってきたらしっかり出迎えておこう。

いろいろと彼、いや彼女とは話をしてみたいからね。

スパイの活動内容とか凄く気になるし。

でだ、カロン・ド・ボーマルシェ氏はルイ15世やアデライードたちから大層気に入られていたが、アデライードがデュ・バリー夫人を殺した挙句、ルイ15世に重症を負わせたことで三ヶ月ほど心身共に休養が必要と診断されて自宅療養を終えて復帰してもらったばかりだ。

ボーマルシェ氏は時間の進み具合が正確な時計を二〇代前半で発明したりするなど、多彩な才能があることで有名だ。

諜報活動もやっているので、現在の国土管理局の諜報活動などはボーマルシェ氏などの意見を参考に密かに、それでいて着実に行われているんだ。

そして今、配達の件……フィリップ2世失脚のためのプロセスが完了したことを告げる内容でもあった。

小トリアノン宮殿はまだ大丈夫だが、この部屋の防諜がいつも完璧であるという保障はないのだ。なので、誰かに聞かれてもいいように隠語を交えながら会話をする。

アンソニー君とボーマルシェ氏の二人を部屋に招き入れて内容を詳しく聞く。

「この遅くに配達の件が来たということは……手筈は整ったということかね？」

「はい、配達の荷物は無事に受け取ってくれたようです。あとは殿下からのご承認を頂ければ万事手筈通りに荷物の開封準備を致します」

「そうだねぇ……あの荷物を受け取った相手はどんな顔をしていた？　アンソニー君」

「はっ、嬉しそうに荷物を受け取っておりました。クリスマスプレゼントを手に取る子供のようでした」

「成程ね……ボーマルシェ氏、クリスマスには少しばかり早いけど開封するようにお願いするよ」

「それからアンソニー君、荷物の運搬……ご苦労様です。君のお陰でこちらは大助かりしています、ありがとう」

「いえ、こちらこそ殿下のお役に立てて何よりでございます！」

深々と二人は頭を下げる。

荷物……偽の改革案をフィリップ2世の部下に渡してくれたようだ。

あとさらっと国王陛下侮辱していたしな。

フィリップ2世さんよぉ……農奴やユダヤ人のことを卑しい身分扱いしたのは良くなかったな。

というか、改革を潰すためにいろいろと根回し工作しているのはこちらでも知っているんですよ？

アントワネットが傍にいるから口に出さないけど、史実で彼女の悪口ばかり言い放ち、それでいて奥さんほったらかして愛人に入り浸っているような人にはお仕置きが必要ですね。

さぁ……反改革派貴族解体ショーの幕開けだぜ……。

俺はフィリップ2世やオルレアン公など反改革派に一先ず牽制の意味を込めて釘をさす。

その釘は大きくて重いものだ。

これで彼らもその身を代償に理解してくれるといいけどね。

二人が居室から去った後、アントワネットは少し心配そうに俺を見てきた。

「どうしたんだいアントワネット？」

「オーギュスト様、その……明日のパリ市内の天気はどうなるのでしょうか？」

「……そうだねぇ……少し荒れそうだね。でも荒れるのは一時的だろう。すぐに治まるよ、大丈夫。彼らは万全の態勢で臨んでいるよ」

「そうですか……でも、少し荒れるのは怖いですね……」

「おいで、アントワネット……今日は少し早めに寝よう」

「……はい！」

アントワネットも事情を察してか不安になったのだろう。

俺はアントワネットと一緒にベッドの中に潜り込む。

蝋燭の火が部屋を照らしている中で、アントワネットの身体の温もりを感じながら、国土管理局として初の大規模な作戦の報告を待つことにしたのであった。

吉報期待して待ってるぜ！

《了》

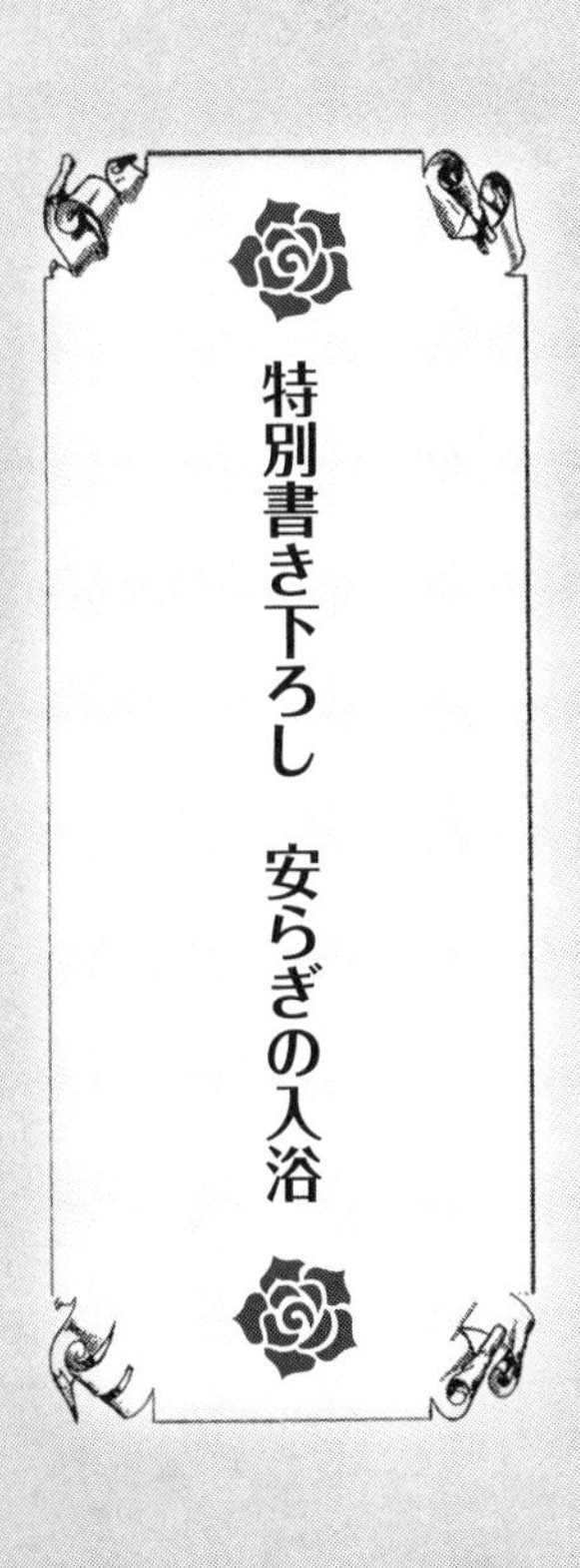

特別書き下ろし　安らぎの入浴

これはまだアントワネットがフランスに来て間もない頃のお話である。

アントワネットはいつも通り、お風呂に入ろうとしていたのだ。

優しい夫であるオーギュストが気を使ってくれて入浴を咎めるどころか、毎日入ることを奨励していたほどであった。

「ふふふ……今日も綺麗さっぱり身体を洗いましょう！」

アントワネットは上機嫌でバスルーム向かう。

最近では入浴室を改装する案が上がっているが、今現在ヴェルサイユ宮殿のお風呂事情は王族のみが入ることが許されるバスタブいっぱいにお湯を張って浸かるというものだ。

それ以外は質素であり、太陽王が豪華絢爛な建物を作っている割にはお風呂に対しては予算をあまり割り当てなかったのではないかとアントワネットは内心思っていた。

（本当に……お風呂に関して予算はほとんどなかったのかもしれませんね……お庭とか、ヴェルサイユ宮殿の装飾品には沢山宝石なども使われているみたいですが……）

かの太陽王として君臨していたルイ14世がヴェルサイユ宮殿を建設した当時、鏡の間などには金銀で装飾された豪華絢爛なシャンデリアなどが飾られていた。

……が、度重なる戦争によって費用が膨大になってしまったために、そうした一部の宝石類を使用した装飾品は売却してしまったのだ。

特に、あまり使われないであろうバスタブに取り付けられていた装飾品の類は必要最低限のものを除いて売却されたのだ。

その話をオーギュストから聞かされたアントワネットは、もしルイ14世が戦争に明け暮れなければそうした装飾品を見ることができたのではないかと思ってしまう。

(でも、これもある意味では仕方のないことですわ……こうしてゆっくりとお風呂に入れる事だけでも感謝しなくてはなりません……)

入浴ができる環境はとにかく恵まれている。

アントワネットはそのことに感謝しつつもバスルームのある部屋にたどり着く。

そこには窓とカーテンの仕切りが入れられている部屋がある。

部屋の床は全てタイルで敷き詰められており、水が飛んでもタオルで拭くことができる設計となっている。

「それじゃあ……後ろの紐をほどいて頂戴」

「畏まりました」

アントワネットは身につけている服を女性の召使いに脱がせてもらい、服を全て脱ぎ終えてからバスルームへと入って行くのだ。

自分のありのままの姿で過ごせるのはこの時だけだ。

この姿をまだ、夫であるオーギュストには見せていない。

いずれ大人として……夫婦としての交わりを結ぶ時までは……精々下着程度である。

お目当てのバスタブをのぞき込むと、そこにはラヴェンダーの香りで満たされていた。

ラヴェンダーなどの花びらを湯船に散りばめた浴槽だけに、香りは二メートル離れた場所からでも十分に漂ってくる。

丁度仕切りを越えた辺りからラヴェンダーの香りがアントワネットを包み込んでくる。

自分だけの時間、それも王太子妃としての日々でも一番充実し、一人だけの時間が過ごせる数少ないやすらぎの場所でもある。

王太子妃が一人で過ごせる場所は、バスタブとトイレぐらいだ。

それ以外は常に召使いや使用人がピッタリとくっついてきている。

オーストリアの生家にいた時もそうだったが、まだオーストリアでは比較的自由に行動する事が許されていたアントワネットにとって、フランスでの生活は少々堅苦しさを感じている場面もある。

そのため、入浴の風習が殆どないフランスに赴いて以来、こうして肩までしっかりと浸かって身体を温めるのは良いものだとつくづく実感している。

バスタブの湯加減を確認するために手を入れる。

熱すぎず冷たくない丁度良い温度で保たれていることを確認したアントワネットは足のつま先から身体を滑り込ませるようにバスタブの中に身体を沈めていく。

「はぅ……これが一番身体に染み渡っていくのよねぇ……」

オーストリアでも入浴だけは欠かさずに行っていたアントワネットは、フランスでの入浴を何よりも楽しんでいる。

彼女の理解者であり、夫のオーギュストも毎日お風呂に入ることを日課にしているという話を聞いた時、フランスでは入浴の風習がないことにショックこそ受けていたが、夫がお風呂にしっかり入っているということを聞いてアントワネットは安心していたのだ。

おかげでこうして王室のみが使用することが許されているお風呂に入ることができるからだ。

「こうして……お風呂に浸かれば……ふぅ……嫌なことがあっても乗り越えることができそうな気がしますわ」

一人だけで過ごせる素敵な空間を満喫するアントワネット。

身体を洗うために彼女はタオルを持ちこんで身体の至る所を洗い始める。

ヨーロッパでは日本のように、身体を先に洗い流してから入浴をするのではなく、身体の汚れを落とすために入浴を行うという風習がある。

そのため、今アントワネットが行っている入浴というのは欧州式の作法であり、浴槽内で身体を洗う行為は欧州では一般的な入浴の仕方だ。

この入浴でアントワネットは身体の隅々まで石鹸で洗い、汚れを落としていく。

浴槽の中では泡立った石鹸がプカプカと水面に浮かび上がる。

「ふふふ……石鹸で身体を洗って泡立てプカプカと浮かんでいくこの光景……何度見ても新鮮ですわね……それにしてもこの石鹸、香りも良いですし……かなり泡立ちが良いですわね……オーストリアから持ってきた石鹸よりもいいかもしれません」

フランスの石鹸は泡立ちが良いとアントワネットは気に行っている。

この石鹸には秘密がある。

マルセイユ地方で作られたこの石鹸はマルセイユ石鹸とも呼ばれており、マルセイユ石鹸はルイ

14世の時代に法整備されて厳格な管理と審査に合格したものだけが名乗ることを許されているものである。

現代まで受け継いでいるフランスを代表する石鹸でもあるのだ。

これは現代でも製造されている石鹸であり、ハーブを使用していることから皮膚炎などを患っている人にも一定の効力があると言われている。

しかしルイ15世をはじめとする王族の大半は風呂に入る習慣がないことから、このような石鹸を使うのはよっぽど身体が汗でびしょ濡れになった際や、泥を被って汚れてしまった時以外は使う機会がほとんどなかった。

宝の持ち腐れ状態だったのである。

そのため、最初にオーギュストがバスタブに入ろうとした際に、何十年も使われていなかったマルセイユ石鹸はネズミに大部分を齧られていたので、慌てて新品を取り寄せる羽目になったのだ。

「これほど整えられていたお風呂も最近まで使われていなかったとは……本当に勿体ないことですわ……でも、私とオーギュスト様が毎日使えば少なくとも無駄にはなりませんのよ。このマルセイユ石鹸のように……」

風呂場も定期的なメンテナンスを除けば数年単位で使われることのないこともあったぐらいだったので、いかにフランスで入浴をする機会が王族ですらなかったことが伺える。

歴史ある石鹸を使わないのは勿体ないと思ったオーギュストは、転生してヴェルサイユで過ごす中で、この石鹸を愛用している。

オーギュストが愛用しているだけあって、アントワネットもマルセイユ石鹸の魅力を感じているのだ。

「ハーブの香りで満たされているお風呂……それをこうして独り占めできるなんて……ここでのお風呂も悪くないですわね……」

オーストリアでは入浴の風習があったので、実家であるウィーンの宮殿と比べてしまう点があるが、石鹸や香りといった匂いに関わるところではフランスが一歩リードしていた。

それはアントワネットも認めるほどであった。

心地より香りで満たされたお風呂に浸かって二十分ほどでアントワネットは浴槽から出てきた。

身体も心もリラックスすることができた。

しかし、アントワネットが服を身につけるまでにやるべき事が一つあったのだ。

それは汗疹の治療であった。

「こうして……汗疹が出来てしまった所を擦り過ぎずに、優しく塗るように付けてから洗い流すと汗疹の治療に役立つと言っておりましたわね……オーギュスト様の知識は本当に役に立ちますわ」

いつも身体に巻き付けるようにつけているコルセットは、六月以降になると汗を吸い取りやすく長時間の着用は汗疹の原因になる事がしばしばある。

アントワネットもコルセットを巻きつけている部分が赤くなってしまっているのだ。

そのことをオーギュストに伝えると、彼はいくつかアントワネットにアドバイスを行い、その中でも汗疹の部分は擦らずにハーブなどの薬草や、アロエなどの皮膚の炎症や傷に効果のある塗り薬を定期的に付けるようにしたのだ。

これらの薬は宮殿の主治医たちが汗疹の治療に調合してくれたものであり、アントワネットの汗疹の治療に使われる。

アドバイスのお陰でアントワネットの汗疹は数日以内に大幅に改善していったのだ。

「さて、お風呂から上がりましたよ。ドレスを持ってきてつけてくれますか？」

「はい、直ぐに伺います」

召使いの手伝いもあって、アントワネットはテキパキとドレスに着替える。

この後、オーギュストと同席してルイ15世主催の晩餐会に出席するのだ。

晩餐会では国王陛下自ら振る舞うコーヒーなどが有名らしく、普段は陛下と親しい貴族も何名か出席するという。

だが、今日の晩餐会では愛妾のデュ・バリー夫人が出席するのみであり、新婚夫婦であるオーギュストとアントワネットを合わせても四人だけだ。

少人数の晩餐会を開くことは珍しいうえに、あまり大人数で会食するわけではないので気を張り詰める必要もない。

（コーヒー……うーん、あまり苦いのは飲めないのですが……いざとなれば陛下にご相談してミルクを入れてもいいか尋ねてみましょう）

アントワネットはあまり苦い物は好きではない。

勿論コーヒーを何度か飲んだことはあったが、いずれもミルクを足して割って飲んでいた。

デュ・バリー夫人に対する苦手意識はあったが、最近会話をしていくうちにそこまで悪い人ではないことも、アントワネットは理解できるようになっていた。

史実のようにアデライード達と非難合戦を繰り広げることもなく、デュ・バリー夫人との関係は良好な状態を保っている。

そんな中で行われる今宵の晩餐会、上品に……そして有意義な時間として過ごせるように願いながらアントワネットは今一度、気合いを入れて衣装や顔を整えるのであった。

《了》

あとがき

どうも皆さんこんにちは、作者のスカーレッドGです。

小説家になろうで執筆している「ルイ16世に転生してしまった俺はフランス革命を全力で阻止してアントワネットと末永くお幸せに暮らしたい」が無事書籍化しました。

今回、初出版ということもあってか緊張しております。

あとがき故に……何を書けばいいのやら迷いますが、一先ずこの小説を書くきっかけになったことをお話しします。

私はこれまでに歴史小説をいくつかなろうで出していたのですが、いずれも舞台は国内でした。

信濃小笠原家に現代大学生がタイムスリップする小説と、食品会社の社員が明治時代に転生して食文化を改革する小説を二つ出してそれなりに好評だったのですが、途中で話の内容が盛大に脱線、ないし設定を凝り過ぎてしまい思っていた以上に人気が出なくなってしまいました。

一年間ほど私はスランプ状態に陥りました。

書きたいのに書けない。

どんなに書いても自分が満足した作品にならなかったことが一番辛かったです。

そんなスランプ状態を引きずった状態で、気分転換も兼ねて関西旅行で大阪に訪れた際、偶然目に留まったフランスのお菓子屋さんに立ち寄って紅茶とケーキをカウンター席で食べている時にあることが浮かんできたのです。

（そういえばフランス革命って有名な出来事の割には小説の題材としてはかなり少ないよな……）

店内に飾られていたフランス国旗を見ながら私はそう思ったのです。

フランス革命は歴史の教科書を習えば必ず一回は目に通る項目です。

フランス革命を知らない日本人はいないぐらいです。

特に中年層からしてみれば池田理代子さんが描いた「ヴェルサイユのばら」が有名でしょう。

今日においては民主主義の礎となった出来事ですが、ホテルに戻ってウィキペディアの項目を見てみると、このフランス革命によって得られた平民による平等よりも、革命による混乱で生じた犠牲や、ロベスピエールによる恐怖政治に行われた死刑執行によって流された血の量が多かったことに愕然としたのです。

また、調べれば調べるほどルイ16世の人柄が教科書に描かれていたような無能ではなく、議会や裁判所の妨害によって成果が得られず政治局面では最善を尽くしたが、時代の流れに圧倒されてしまい犠牲となっていたことが分かったのです。

これはアントワネットも同じで「パンが無ければお菓子を食べればいい」という名言も後世によって作られた創作であり、史実では悪女ではなくむしろ庶民のためなら節約などもしましょうと前向きな姿勢を取っていたのです。

……が、結果的に革命によってそうした努力は水の泡と化してしまい、近年に至るまで適切な評価がなされていなかったのです。

本小説では、そんなルイ16世とアントワネットをせめて物語の中でも幸せに暮らしてほしいと願い、執筆した所存でございます。

ルイ16世は転生者ではありますが、決して万能ではありません。

現代との価値観の違いやジェネレーションギャップなどを受けながら成長していくキャラクターとして描いていく予定です。

書籍化にあたりアドバイスを下さった小説家の如月真弘（きさらぎまひろ）さん、鳥羽輝人（とばてるひと）さん。書籍化に関して全力でサポートしてくださった一二三書房の皆さま、素敵なイラストを描いて下さったいのさん、どんなに辛い時でも私を支えてくれた家族に、そしてこの本を手に取って読んでくださった読者の皆様に、この場をお借りして感謝の言葉を申し上げたいと思います。

最後に一巻の書籍化準備中に亡くなったおじいちゃんへ、本を無事に出版することができました。天国で見ていてください。

ありがとう。

スカーレッドG

参考文献

1.「ビジュアル選書　王妃マリー・アントワネット」
編者　新人物往来社
発行者　杉本　惇
発行所　株式会社　新人物往来社　（２０１０）

2.「ヴェルサイユ宮殿　39の伝説とその真実」
著者　ジャン＝フランソワ・ソルノン
訳者　土居佳代子
発行者　成瀬雅人
発行所　株式会社　原書房　（２０１９）

3.「ヴェルサイユ宮殿影の主役たち　世界一華麗な王宮を支えた人々」
著者　ジャック・ルヴロン
訳者　ダコスタ吉村花子
発行所　株式会社河出書房新社（2019）

4.「マリー・アントワネットは何を食べていたのか　～ヴェルサイユの食卓と生活～」
著者　ピエール＝イヴ・ボルペール
訳者　ダコスタ吉村花子
発行所　原書房（2019）

5.「教養としての「フランス史」の読み方」
著者　福井憲彦
発行所　株式会社 PHP　研究所（2019）

参考WEBページ

1．歴史スタイル　マリーアントワネットのトイレ・入浴事情にドン引き!?ヴェルサイユ宮殿は「おまる」持参だった（最終閲覧日　令和2年4月17日）
https://rekishi-style.com/archives/11036

2．フリー百科事典　ウィキペディア（Wikipedia）「入浴」（最終閲覧日　令和2年4月17日）
https://ja.wikipedia.org/wiki/入浴#ヨーロッパ

3．フリー百科事典　ウィキペディア（Wikipedia）「ルイ15世」（最終閲覧日　令和2年4月17日）
https://ja.wikipedia.org/wiki/ルイ15世（フランス王）

4．フリー百科事典　ウィキペディア（Wikipedia）「デュ・バリー夫人」（最終閲覧日　令和2年6月24日）
https://ja.wikipedia.org/wiki/デュ・バリー夫人

5．フリー百科事典　ウィキペディア（Wikipedia）「マリー・アデライード・ド・フランス」（最終閲覧日　令和2年6月24日）
https://ja.wikipedia.org/wiki/マリー・アデライード・ド・フランス

6．フリー百科事典　ウィキペディア（Wikipedia）「君主論」（最終閲覧日　令和2年4月17日）
https://ja.wikipedia.org/wiki/君主論

7．フリー百科事典　ウィキペディア（Wikipedia）「ゲットー」（最終閲覧日　令和2年3月28日）
https://ja.wikipedia.org/wiki/ゲットー

8．フリー百科事典　ウィキペディア（Wikipedia）「ヴェルサイユ宮殿」（最終閲覧日　令和2年6月28日）
https://ja.wikipedia.org/wiki/ヴェルサイユ宮殿